# Katharina Rosenpienter

## Ein Kessel Böses

Von Tücken im Umgang mit
Menschen und anderen
Widrigkeiten

# Inhalt

Ein Kessel Böses ............................................ 5

Unmögliche Tatsachen ............................. 8

Sie kommt doch aus so einem guten Haus...
................................................................ 12

Er ist ja eigentlich ein guter Junge. ........... 23

Er ist ja nicht dumm ................................. 39

Wir hatten auch schöne Tage... ................ 49

Kein böses Wort ....................................... 59

Ich hab doch nur Spaß gemacht .............. 69

Sie ist ja so sensibel ................................. 80

Diese jungen Dinger! ............................... 92

Unser... .................................................. 103

Von seltsamen Zeitgenossen ................. 113

Adel verpflichtet .................................... 115

Die Unsichtbaren .................................... 133

Der Doktordoktor .................................... 140

Ein böses Ende ....................................... 147

High noon oder zwölf Uhr mittags. ........ 151

Mein Kind sitzt schon... .......................... 156

Mein Kind sitzt schon II .......................... 169

Rabenmutter ......................................... 180

Der Schnorrer ........................................ 193

Der Vertreter ......................................... 207

Das wahrhaft Unmenschliche ................ 218

Das verflixte Telefon .............................. 220

Der Fluch der modernen Technik oder die
verfluchte Technik ................................. 238

Fernsehen bildet .................................... 248

Kaputt .................................................. 261

Schummeln, aber richtig ........................ 271

# Ein Kessel Böses

Hier wird ein ganzes Sammelsurium von kleinen oder auch größeren Bösartigkeiten geboten. Diese lassen sich scheinbar nicht ordnen, aber haben eins gemeinsam: Sie zeigen die Hilflosigkeit des Menschen gegenüber Tatsachen und Mitmenschen. Dabei gibt es eine literarische Gattung, die genauso dies für sich in Anspruch nimmt: Die Satire. Satire ist sehr bösartig und macht deswegen Vergnügen, ist aber leider sehr der Aktualität unterworfen. Dinge, über die man sich ausgeschüttet hat vor Lachen, sind in der nächsten Woche schon wieder vergessen, ganz gemäß der Redensart, dass da schon wieder eine neue Sau durchs Dorf getrieben wird. Sie Satire, um die es hier geht, ist da etwas beständiger. Da geht es um Tatsachen, die man einfach nicht wahrhaben will, um seltsame Menschen und um Gegebenheiten des Alltags, die den Menschen oft recht hilflos und dämlich wirken lassen. Diese Form hat aber in der Literatur durchaus ein Vorbild, nämlich die Originalform der Satire. „Die Satire ist ganz und gar unser Eigentum" pflegten die alten Römer zu sagen. Und sie meinten damit, dass sie alle anderen Formen der Literatur von den Griechen abgekupfert hatten, nur nicht die Satire. Und der Begriff „Satire" meint ursprünglich eine große Art von Salatschale, in der es leicht ist, die Zutaten zu mixen. Und damit sind wir sehr nahe bei dem Begriff „Ein Kessel Buntes". Aber während dieser nur fröhlich unterhalten sollte, handelt es sich hier um die schon erwähnten Gemeinheiten. Daher ist die Bezeichnung „Ein Kessel Böses" hier viel eher angebracht. Und diese bestehen aus unmöglichen Tatsachen, schrulligen Mitmenschen und dem Fluch der alltäglichen Dinge, die einem, ohne dass

man etwas dafür kann, das Leben
schwer machen.

## Unmögliche Tatschen

Irren ist menschlich, das ist ein allgemein bekanntes und oft benutztes Sprichwort. Aber wie es so oft bei der Verwendung von lateinischen Spruchweisheiten typisch ist, das ist nur die halbe Wahrheit. Die zweite Hälfte des Spruches lautet nämlich etwa so, dass das Beharren auf dem Irrtum teuflisch ist. Und damit ist das erste Drittel der hier erzählten Geschichten hinreichend erklärt. Sie beruhen nämlich im Wesentlichen auf irrigen Annahmen, die die Wahrheit verschleiern und die Realität schönreden wollen. Christian Morgenstern verwendet hier in seinen Galgenliedern die Metapher: „Daraus schließt er messerscharf, dass nicht sein kann, was nicht sein darf". Für derartige Ereignisse wird eine irgendwie geartete Beschönigung angeführt, die die Realität leugnet und dann sogar das genaue Gegenteil meint. Die deutsche Sprache kennt hierfür zahlreiche Redensarten, die zwar alle dem achten Gebot entsprechen, genauer gesagt dem Kleinen Katechismus von Luther, da heißt es nämlich zum Ge- oder Verbot: du sollst nicht falsch Zeugnis reden wider deinen Nächsten – man solle ihn entschuldigen, Gutes von ihm reden und alles zum Besten kehren. Aber es gibt eine ganze Sammlung von Sprüchen, die eigentlich darauf hinauslaufen, dass sie das genaue Gegenteil meinen von dem, was sie eigentlich ausdrücken wollen. Damit beschäftigt sich der erste Teil des Buches. Die Wahrheit der Aussagen ist im zweiten Teil nicht mehr so schwierig, hier handelt es sich um die Beschreibung von seltsamen Käuzen, die einem einen gewissen Gleichmut abverlangen, aber das Ganze ist dann eher lustig. Und der dritte Teil erzählt dann von den Tücken des Alltags, denen der normale Mensch so ausgesetzt ist. Man wird dabei an die Erlebnisse des Mr. Bean erinnert, aber dessen skurrile Abenteuer werden ganz und gar nicht nacherzählt, sondern die geschilderten Erlebnisse habe sich tatsächlich genauso zugetragen, ehrlich, sie sind alle selbst erlebt, und beruhen auf eigener Erfahrung, da ist nichts abgekupfert. Auch wenn es so scheint, dass die menschliche Fantasie nicht ausreicht, es hat sich alles genauso zugetragen. Zu Bedenken wegen des Urheberrechtes: Die geschilderten Begebenheiten sind samt und sonders selbst erlebt, und nicht irgendwo abgeschrieben. Nur die Namen der beteiligten Personen sind verändert, ebenso die Orte.

## Sie kommt doch aus so einem guten Haus...

Aus einem guten Haus? Was ist das eigentlich? War sie adlig, war sie reich, war ihr Vater ein Universitätsprofessor? Und dann so etwas! Die Redensart meint, dass das, was sie getan hat, so gar nicht zu ihrer Herkunft passen will. Da war etwa der Freiherr und Minister, der mit seiner Doktorarbeit massiv geschummelt hat, obwohl viele meinten, als Freiherr von und zu bracht er gar keinen Doktortitel, aber nein, das kann nicht gemeint sein, die Sache mit dem guten Haus bezieht sich immer auf ein weibliches Wesen. Sie hat also massiv gegen das verstoßen, was man als bürgerliche Norm versteht.

Da fiel mir dann eine Nachbarin ein, die schräg über uns gewohnt hat. Wie es dazu gekommen ist, dass sie unsere

Nachbarin wurde? Nun, im West-Berlin der 50er Jahre wurde die Stadtautobahn gebaut und dazu viele Häuser abgerissen. Die Bewohner bekamen als Ausgleich eine Neubauwohnung zugewiesen. So ging es auch meinen Eltern und mir, ich war damals etwa zehn Jahre alt, und es war schon ein ganz schön zusammengewürfeltes Häufchen, was da in die Neubaublocks einzog. Wie gesagt, unsere Nachbarin schräg über uns, die trug sogar ein „von" in ihrem Namen, aber trotzdem wollte meine Mutter nicht, dass wir Kontakt hatten. Sie trug wirklich einen berühmten Namen, ihr Vater war im ersten Weltkrieg ein bekannter Marineoffizier gewesen, dem Kaiser Wilhelm ein größeres Objekt seines Lieblingsspielzeugs Flotte anvertraut hatte, und seine Heldentaten sind in Deutschland weithin bekannt. Sie hingegen hatte irgendwann einen Herrn Theuerkauf geheiratet, die Ehe hatte aber nicht lange gehalten, lediglich eine Tochter war aus dieser Verbindung geblieben. Die war damals etwa sechzehn Jahre alt, also für ein Kind von zehn Jahren uninteressant, aber meine Mutter wies mich immer wieder darauf hin, dass ich der aus dem Weg zu gehen hätte. Bei Frauen dieser Generation war übrigens eine Scheidung unüblich, und sie hätte ohne Probleme angeben können, ihr Mann sei im Krieg gefallen, aber das hatte sie nicht getan, sondern nach der Scheidung ihren Familiennamen wieder angenommen. Nur das Fräulein Theuerkauf passte da nicht so ganz dazu. Unsere Nachbarin hatte das gelernt, was alle höheren Töchter lernen sollten, nämlich Steno und Schreibmaschine, aber sie war offensichtlich nicht in der Lage, sich ihren Lebensunterhalt als Tippse zu verdienen. Warum, das habe ich sehr viel später erfahren. Jedenfalls wohnte sie zunächst standesgemäß in

Wilmersdorf in einer noblen Altbauwohnung, und nach dem Krieg war es da üblich, diverse Untermieter zu beherbergen, um die Miete aufzubringen. Aber sie tat noch mehr. Praktisch jeden Abend „ging sie aus". Damit trug sie nicht unwesentlich zu ihrem Lebensunterhalt bei. Ihre kleine Tochter ließ sie allein zurück und erwartete, dass die den Haushalt schmiss. Das alles habe ich sehr viel später erfahren, und ich konnte mir mit zehn Jahren noch keinen rechten Reim darauf machen, inwieweit abendliches Ausgehen dazu dient, Geld zu beschaffen. Woher man das alles wusste? Nun, unsere Nachbarin Tür an Tür war eine der größten Klatschbasen aller Zeiten, die kannte Gott und die Welt, war aber andererseits auch so hilfsbereit, dass man nicht auf sie verzichten konnte. Und die wusste nun alles. Und sie hatte eine gute Bekannte, die wiederum eine Nachbarin der Frau von und zu gewesen war und über deren Privatleben bestens Bescheid wusste. Frau Von und Zu leugnete übrigens hartnäckig, diese Frau jemals gekannt zu haben.

Nun lagen diese Neubausiedlungen am Stadtrand. Und das war nun ihr Problem. In einer Neubausiedlung auf der Pampa kann man nicht „ausgehen", also fiel diese Geldquelle schon mal weg. Und das bedeutete, sie musste sehen, wie sie die Miete bezahlen konnte. Also rückte sie mit ihrer Tochter die inzwischen etwa achtzehn Jahre alt war, in der Zwei-Zimmerwohnung zusammen und vermietete das andere Zimmer an einen Studenten. Das war zwar nicht gestattet im sozialen Wohnungsbau, aber kein Hahn krähte danach. Zunächst wohnte dort ein Student aus Ghana. Der zahlte nun nicht nur Miete, sondern arbeitete offensichtlich das Geld in Naturalien ab, jedenfalls lief die Tochter plötzlich mit einem dicken Bauch herum. Meine Mutter, die mich von diesen Nachbarn schon seit jeher ferngehalten hatte, achtet nun noch mehr darauf, dass ich ja keinen Kontakt hatte, obwohl ich an Studenten aus Ghana nicht das geringste Interesse hatte. Als nun rauskam, was da passiert war, flog dieser achtkantig aus der Wohnung. Aber damit waren ihre Geldsorgen wieder da. Zwar kam das Kind leider tot zur Welt, aber. Die Tochter zog kurz nach dieser Geschichte aus, weil sie es geschafft hatte, einen soliden Mann zu heiraten. Nun war die finanzielle Lage geradezu verzweifelt, weil auch noch das Kindergeld wegfiel, volljährig wurde man damals erst mit 21, und es ging das Gerücht, dass die Räumungsklage so gut wie sicher war. Aber nun passierte ein Wunder.

Es zog ein neuer Student ein, Kurt Müller, der einen Abschluss als Elektroingenieur anstrebte und eine

Anstellung bei Siemens schon so gut wie sicher hatte. Der schaffte es, dass erstmal Ordnung in die Finanzen kam. Als Ingenieur war er beispielhaft pingelig, und so ereichte er, dass es auch erstmal so blieb. Und dann heiratete er sie, so dass aus ihr eine Frau Müller wurde. Wobei der Altersunterschied leider sehr deutlich sichtbar war, insbesondere weil Kurti eine lang aufgeschossene Hungerharke war, der man ein Vaterunser durch die Rippen pusten konnte, während sie für eine Walküre oder Germania hätte Modell stehen können.

Ihr Leben änderte sich schlagartig, sie wurde zum Gesundheitsfanatiker und Naturapostel, obwohl man damals das Wort „Grüne" noch gar nicht schreiben konnte. Beide gingen gemeinsam joggen, damals hieß das noch Waldlauf, und es ist mir ein Rätsel, wie sie es geschafft haben, bei derartig unterschiedlichen Kleidergrößen einheitliche Sportkleidung aufzutreiben. Sie wurde auch zur Vegetarierin und beschwerte sich deswegen bei der Nachbarin, die unter ihr wohnte, wenn diese Fleisch kochte, weil sie den Geruch nicht ertragen konnte. Die schon erwähnte Nachbarin führte nun mild ausgedrückt ein exzentrisches Leben. Sie verdiente ihre Brötchen damit, dass sie Examensarbeiten von Studenten tippte, dass war noch vor dem Computerzeitalter, und da drängte der Abgabetermin oft so, dass sie auch nachts durcharbeitete. Deswegen schlief sie meistens bis Mittag und ging gegen drei Uhr morgens ins Bett. Jedenfalls dachte sie sich nichts dabei, gegen zehn Uhr abends mal einen Apfelkuchen zu backen. Dagegen kann auch niemand etwas haben, denn das macht keinen Lärm und der Duft von frischen Kuchen ist etwas Köstliches. Nicht für Ihre Übermieterin. „Sie Böse sie, sie haben ja schon wieder Fleisch gekocht!" Unsere

Nachbarin schüttelte dazu nur den Kopf. „Ein Rezept für Apfelkuchen mit Fleischeinlage müssen sie mir erst mal geben!"

Auch sonst wurde sie eine frühe Grüne. „Kurti hat schon wieder einen Auftrag für ein Großprojekt in Brasilien." Er überlegt, ob er das mit seinem Gewissen vereinbaren kann, weil da die Natur zerstört wird. Sie lehnte übrigens auch die herkömmliche Medizin ab. Die vergiften uns ja nur! Sie schwor auf Tees und Kräuter. Im Übrigen entdeckte sie jetzt die schöngeistig intellektuelle Seite in sich. Sie schaffte es, eine Sonderprüfung abzulegen, die zum Hochschulstudium berechtigte. Und sie studierte dann auch Philosophie. Weil sie wusste, dass ich auch studierte, gab sie mir mal eine Arbeit von sich zum Lesen, wie ich das fände, es ging da über den Philosophen Hegel. Ich verstand gar nichts, aber es las sich ganz toll. Aber weil ich von Philosophie nicht allzu viel verstehe, gab ich das Ding meinem Mann zu lesen, der das Fach immerhin studiert hatte. Er überflog das Werk, fing schallend an zu lachen und sagte, das Ganze wäre absoluter Blödsinn.

Ähnlich war es mit ihren Versuchen der Malerei. Sie malte, abstrakt. Und sie zeigte ihrer Nachbarin, die, wie gesagt, unter ihr wohnte, das Bild, welches sie für ihr Meisterwerk hielt. Diese betrachtet das Bild und sagte dann; Ja schön, aber ist das nicht verkehrt rum gehängt? Also auch das nicht. Diese Nachbarin hat sie übrigens mal als Aushilfe beschäftigen wollen, weil es mit einem Termin für eine Examensarbeit wirklich pressierte, und da stellt sich heraus, dass sie erstens extrem langsam arbeitete, und dann eine Seite mit vielen Tippfehlern äußerst intensiv mit flüssigen Tipp-Ex behandelt hatte, also war die ganze Geschichte unbrauchbar. Als Schreibkraft hätte sie sich nicht ihren Lebensunterhalt verdienen können.

Leider nahm es dann mit ihr ein trauriges Ende. Sie lehnte wie schon erwähnt Medikamente als Gift ab, und obwohl sie beide so gesund lebten, litt sie an hohem Blutdruck, sie bekam vom Arzt Tabletten verschrieben, nahm sie aber nicht, und eines Tages hörten wir die Sirene mit Blaulicht, und sahen wie eine Trage durch Treppenhaus bugsiert wurde. Es stellte sich heraus, dass sie mit den Tabletten hätte alt werden können, aber da sie sie nicht genommen hatte, hat sie das nicht überlebt. Kurti organisierte übrigens eine anonyme Urnenbestattung, löste die Wohnung auf und zog nach Nürnberg, und wir haben nie wieder etwas von ihm gehört.

Dass sie aus einem so guten Haus kam, hat ihr letztendlich also überhaupt nichts genützt.

# Er ist ja eigentlich ein guter Junge.

Die Betonung liegt hier auf eigentlich, denn der Junge ist alles andere als gut. Manchmal ist der gute Junge schon mit einem Bein in Gefängnis, aber auf jeden fall hat er ganz schön Dreck am Stecken, und die lieben Angehörigen wollen es nicht wahrhaben. Es gibt zwar auf gut Berlinisch den Spruch: Jut isser ja, bloß toogen tut er nischt. Aber der eigentlich gute Junge ist da ein anderer Fall, taugen tut er sowieso nichts, aber gut ist er nur in den Augen der Angehörigen, die sich da gründliche Illusionen machen. Es ist übrigens immer nur ein guter Junge, nie ein gutes Mädchen. Vielleicht ist er das Gegenstück zu der Frau aus gutem Haus, nur ist er an Lebensalter viel jünger.

Zu diesem Spruch fällt mir der Neffe von Tante Albertine ein. Die war zwar nicht meine Tante, aber sie wurde von allen so genannt. Wie schon erwähnt, waren meine Eltern mit mir in eine Neubausiedlung gezogen, die am Stadtrand aus der Erde gestampft worden war. Dort herrschten nun eigene Gesetzmäßigkeiten, aber das ist jetzt ein anderes Thema. Die Siedlung grenzte an ein altes Villenviertel, so dass sich auf der anderen Straßenseite wunderschöne Gründerzeitvillen erhoben, in einer dieser Villen wohnte nun Tante Albertine. Sie kam wirklich aus einem guten Haus, aber sehr viel mehr hat sie in ihrem Leben auch nicht getan. Sie hatte die Villa von ihren Eltern geerbt und einen Herrn Becker geheiratet, der Oberpostrat gewesen war, zu meiner Zeit war der schon längst verblichen. Aber Tante Albertine verzehrte nun die schöne Beamtenpension und lebte standesgemäß in ihrem Elternhaus. Kinder hatte sie zwar selbst nie gehabt; aber für die zugegeben wenigen Kinder der Nachbarschaft war sie die gute Tante. Wenn man ihr die Tasche nach Hause trug oder die Wege harkte, dann gab es ein Fünfmarkstück, damals sehr viel Geld. Und so fand sich immer jemand, der ihre Einkäufe besorgte, und ihre Gartenwege waren immer sehr sauber. Meine Eltern duldeten das zwar nicht, aber ich hätte mir gerne mal was zuverdient. Aber: Unsere Tochter macht so was nicht! Hieß es dann. Soweit so gut. Aber das war noch Klaus-Dieter. Der war der Sohn von Tante Albertines Bruder, und er hatte noch eine ältere Schwester, Sabine, die war etwas älter als ich. Als Kinder verstand ich mit ihr gar nicht, erst später, als wir beide studierten, kamen wir uns näher, und da erfuhr ich auch so einiges. Klaus-Dieter war ein sehr kränkliches Kind gewesen, daher waren seine Eltern um ihn maßlos besorgt. Er wurde rundum verwöhnt, wenn er etwas nicht essen wollte, brauchte es das nicht, sondern bekam Leckerbissen, die sich meine Eltern grundsätzlich nicht leisten konnten. Wir Kinder konnten ihn nicht leiden, weil er ständig Sonderrechte forderte. Beim Hopse-Spielen wollte er zwei Übertretungen Vorsprung, beim Versteckspielen sollte man sagen, wo man war, und beim Fangenspielen wollte er zweimal freigestellt werden. Weil er doch so schwächlich war. Und wenn er nicht das bekam, was er wollte, dann warf er sich hin und schrie, bis er blau anlief. Er kriegte auch folgendes fertig: er warf sich hin und heulte los wie ein Nebelhorn, und auf die besorgte Nachfrage seiner Mama greinte er: Sabine hat mich gehauen! Das stimmte gar nicht, aber Sabine wurde trotzdem bestraft. Überhaupt lief Sabine nur so mit, weil sie nur ein Mädchen war. Klaus-Dieter musste aufs Gymnasium, und trotz zahlreicher Nachhilfestunden schaffte er es immer gerade noch so, während Sabine auf ihrem Anschlusszeugnis in der zehnten Klasse als schlechteste Note eine Zwei in Kunst hatte. Aber: Das Mädchen heiratet ja doch, Gymnasium ist rausgeschmissenes Geld, wie ihr Vater meinte. Aber er konnte es nicht verhindern, dass Sabine eine Ausbildung als Rechtsanwaltsgehilfin machte, und so erfolgreich, dass sie die Lehre vorzeitig beenden konnte. Und sie wurde von ihrer Kanzlei übernommen und verdiente auch als Berufsanfängerin nicht schlecht. Und mit dem 21. Geburtstag, das war damals noch das Datum der Volljährigkeit, zog sie aus. Sie hatte ein solides finanzielles Polster im Hintergrund und konnte es sich leisten, das Abitur auf der Abendschule nachzuholen. Auch mit Unterstützung ihres Arbeitgebers, der auf seine bewährte Kraft nicht verzichten wollte.

Danach begann sie ein Jurastudium, und da sie das Fachgebiet aus dem FF kannte, legte sie ein Prädikatsexamen hin, ohne wie die meisten Juristenkinder, die in die Fußstapfen ihres Vaters treten sollen, einen Repetitor zu brauchen. Und obwohl sie keinen Anspruch auf ein Stipendium hatte, weil ihre Eltern zu viel verdienten, schaffte sie es, sich ihren Unterhalt mit einer Bilderbuchklage gegen ihre Eltern zu sichern. Ihr Vater war empört. Wir haben keine Tochter mehr, wie konnte sie uns das antun, nach allen, was wir für sie getan haben. Sie trat nun nicht etwa in die Kanzlei ihres Brötchengebers ein, sondern wurde Staatsanwältin, heiratete einen in der Szene gut bekannten Galeristen und gehörte zu den Leuten, die was darstellten. Ihre Eltern, die jetzt versuchten, mit der Tochter, die was geworden war, zu renommieren, hielt sie aber weiter auf Distanz.

Ganz anders Klaus-Dieter. Der schummelte sich in der Schule immer gerade so durch und war nicht sehr beliebt, weil seine kleinen Tricksereien auch bei seinen Mitschülern anwenden wollten. Aber dann kam er in die Pubertät. Die ist oft ein Ereignis, bei der sich die Mütter beklagen, man hätte ihr Kind vertauscht. Aus einer grauen Maus wird ein Paradiesvogel, aus dem Zappelphilipp ein absolut ruhiger Bürger, aus dem Gifthaken der sozial engagierte Jugendleiter, aber auch aus dem kleinen Klugscheißer ein ausgesprochener Blödmann. Aus dem kleinen schwächlichen Klaus-Dieter wurde ein Bulle von fast 1, 90 Meter, und der schlechte Schüler wurde politisch. Er lehnte die repressive faschistoide Muffigkeit seines Elternhauses ab, was ihn allerdings nicht daran hinderte, die Vorzüge des Hotel Mama weiterhin genießen, aber er trieb sich mit Gleichgesinnten herum, kam spät, wenn überhaupt nach Haus. Seine verfilzten Haare hingen schulterlang über seinen speckigen Parka, in seinem Zimmer prangte ein Poster von Che Guevara, und er trat dem SKZ bei, das war das Sozialistische Schülerkollektiv Zehlendorf. Das lehnte die Repression durch die Lehrer ab und trieb mehrere von ihnen in den vorzeitigen Ruhestand. Dann lernte er Maja kennen, die war die Tochter eines Bauunternehmers, aber ein Scheidungskind, und bekam von ihrem Vater so viel Geld wie sie wollte. Mit ihr lernte Klaus-Dieter auch solche Dinge wie Hasch oder Preludin kennen, das war damals die Modedroge. Maja lief genauso herum wie Klaus-Dieter, und aus der Ferne waren sie kaum zu unterscheiden. Beide kamen auf die Idee, den Zwängen hierzulande zu entfliehen, und sich auf den Weg nach Indien zu machen. Das dafür notwendige Geld konnte Maja nicht von ihrem Vater einfordern, das wäre ihm doch zu weit gegangen. Aber da war ja noch Tante Albertine. Die war die einzige, zu der Klaus-Dieter nett und zuvorkommend war. Kein Wunder, sie war ja auch eine nicht versiegende Geldquelle. Sie bewunderte alles was er machte, und sie glaubte trotz seiner Eskapaden an ihn. Er ist ja eigentlich doch ein guter Junge. Der gute Junge schaffte nun tatsächlich, ihr das für den Indientrip notwendige Geld aus dem Kreuz zu leiern. Zufällig wurde ich Zeuge der Szene, wie sie mit Klaus-Dieter und Maja zur Bank ging, um ihnen das Geld auszahlen zu lassen. Die beiden trugen ausnahmsweise mal saubere Klamotten, wozu die Haarzotteln einen scharfen Kontrast bildeten. Klaus-Dieter musste seinen Ausweis vorzeigen, ein total zerfleddertes Ding, was es immer bei sich trug, weil das bei Demos wichtig war, wenn man festgenommen wurde. Und genauso sah der Ausweis auch aus. Aber aus dem Indientrip wurde nun nichts. Jetzt sprachen beide Väter ein Machtwort, die Kinder wurden getrennt in teure Internate verfrachtet, und bei Klaus-Dieter hat man es irgendwie hingekriegt, dass er ein passables Abitur hinlegte. Allerdings hat das nicht viel genützt, er fing an, dies und das zu studieren, brach wieder ab, begann eine Lehre als Tischler, aber auch das war nichts, weil er sich vom Meister nichts sagen lassen wollte, zum Schluss versuchte er es mit einer kaufmännischen Lehre. Inzwischen war er fast dreißig. Nun hatte Tante Albertine das Zeitliche gesegnet. Sie hatte ihm die Villa vermacht. Und das war das letzte Mal, dass ich ihn persönlich gehen habe. Ich hätte ihn fast nicht wiedererkannt. Aus dem langhaarigen Revoluzzer war ein Mann im Nadelstreifenanzug geworden, der stolzer Betreiber einer Immobilienfirma war. Und er sah sich auf dem Grundstück um. Prima, die Größe passt.

Es stellte sich heraus, dass er die Villa abreißen und einen Wohnblock mit Eigentumswohnungen errichten wollte. Die Tatsache, dass es sich um das Bauwerk eines bekannten Architekten handelte und der Denkmalschutz noch ein Wörtchen mitzureden hatte, wischte er vom Tisch. Da wandert ein Umschlag rüber zum zuständigen Dezernenten im Bauamt, dann ist die Sache geritzt. Sowieso unmöglich, dass eine Alte allein in so einem Riesenkasten wohnt. Ich dachte bei mir: Das hätte Tante Albertine hören müssen.

Und wenig später wurde die Jugendstilvilla abgerissen und es entstand ein Kasten mit acht Wohnungen, der fatale Ähnlichkeit mit einem Schuhkarton hatte und so gar nicht in das alte Villenviertel passen wollte. Klaus-Dieter hatte darauf gesetzt, dass er die Wohnungen mit Gewinn verkaufen würde und da er das

Grundstück praktisch umsonst bekommen hatte, würde er dabei einen schönen Batzen Geld übrig behalten. Zu dumm nur, dass er nicht alleine auf diese Idee gekommen war, es gab zu dieser Zeit ein Überangebot an solchen Wohnungen, und viele Leute konnten und wollten sich Wohnungseigentum nicht leisten. Und dann hieß es: Zu abgelegen, zu klein, jedenfalls stellte es sich heraus, dass er sich mit dem Kaufpreis mächtig verkalkuliert hatte. Dazu kam noch etwas Schlimmeres. Der Baudezernent, der mit einem dicken Umschlag voller Geld den Abriss der alten Villa genehmigt hatte, wurde Opfer des intriganten Hexenkessels in seiner eigenen Partei. Obwohl deren Mitglieder sich untereinander als Freunde bezeichnet hatten, brauchte es dann keine weiteren Feinde mehr. Er war wohl nicht schlimmer als alle anderen, was Bestechlichkeit anging, aber man nahm diese Sache zum Anlass, ihn stolpern zu lasen. Und da er Klaus-Dieter gegenüber keine weiteren Verpflichtungen hatte, wurde dieser geopfert, und sein Fall ganz groß herausgebracht. Der Parteifreund kam mit einem Rücktritt und einer Spende an eine wohltätige Organisation davon, Klaus-Dieter landete für drei Jahre im Gefängnis, auch deswegen weil es beim Bau des Eigentumswohnungskastens Unregelmäßigkeiten mit der Baufirma gegeben hatte. Ich dachte wieder bei mir: gut, dass Tante Albertine das nicht mehr mitkriegen kann, aber in einem sehr entfernten Winkel meines Herzens freute ich mich irgendwie, dass er für den Umgang mit der alten Villa doch eins auf die Nase gekriegt hatte.

Die drei Jahre waren um, und inzwischen hatten sich große Dinge in unserem Land getan. Und Klaus-Dieter nahm nun alles mit, er tingelte durch die neuen Bundesländer und verkaufte den

Neubürgern Fester. Dabei trickste er mit den Preislisten, die er zu seinen Gunsten umschrieb, so dass ein saftiges Sümmchen auf seinem Konto hängen blieb. Aber auch seine Firma war nicht sauber, sie musste den Betrieb einstellen, und dann kam heraus, dass unabhängig voneinander sowohl sie als auch Klaus-Dieter betrogen hatten. Aber nun hatte Klaus-Dieter mal Glück. Statt erneut hinter Gittern zu landen, wurde er zur Ableistung sozialer Stunden verurteilt, und er landete bei einem ökologischen Landwirtschaftsprojekt. Die Leute hatten einen verfallenen Gutshof irgendwo in der Pampa für billiges Geld gekauft, wieder hergerichtet und verdienten ihr Geld mit biologischer Landwirtschaft. Und dafür gab es einen wachsenden Markt, in Berlin riss man ihnen ihre Produkte aus den Händen, und sie griffen saftige Fördergelder ab, weil sie zusätzlich noch gefährdete Haustierrassen hielten. Als ich Klaus-Dieter das letzte Mal sah, lief er in Pullover und Latzhosen herum, seine Frisur und der Rauschebart erinnerten an den ehemaligen Revoluzzer, und er streute Körner für irgendwelche Leuchtenberger Schwarzfußhühner, er zeigte mir auch stolz seine buntscheckigen Hochlandschweine, für deren Betreuung er zuständig war. Ebenso seinen kleinen Kräutergarten, alles Bio, aber in der einen Ecke entdeckte ich so einige Pflänzchen mit fingerförmig angeordneten langen spitzen Blättern. Ich sah ihn an, er sah mich an, und dann schwiegen wir. Gott sei Dank, dass Tante Albertine dass nicht mehr mitkriegen konnte.

Anmerkung: Ich habe nie in meinem Leben einen Joint geraucht, überhaupt konnte ich dem Rauchen nie viel Geschmack abgewinnen. Aber als Lehrerin habe ich Fortbildungen mitgemacht, bei denen es um Sucht und Rauschgifte ging. Und da erinnere ich mich an eine Veranstaltung in Zusammenarbeit mit der Polizei, wo uns ein Urviech in gemütlichstem Bierbass alles über Cannabis erzählte, sorgfältig dokumentiert mit Bildern, seitdem wusste ich da Bescheid und kann eine Hanfpflanze deutlich erkennen, auch wenn ich das Zeug niemals konsumieren würde.

# Er ist ja nicht dumm

Manchmal machen sich die Eltern unglaubliche Illusionen über die Fähigkeiten ihrer Sprösslinge. Und dann wird irgendwie darüber hinweggemogelt, dass der Nachwuchs erhebliche Probleme in der Schule hat. Und das wird dann mit dem Spruch verleugnet, er ist ja nicht dumm. Merkwürdigerweise betrifft das nur Jungen. Die sollen eben die Erwartungen der Eltern erfüllen. Dabei ist in der pädagogischen Literatur bekannt, dass gerade Jungen erheblich mehr Probleme mit der Schule haben als Mädchen. Es gibt natürlich auch so genannte Inselbegabungen, wenn die erkannt werden, kann derjenige durchaus erfolgreich werden, aber das ist eher die Ausnahme. Ich habe das ja an mir gesehen. Ich hatte keine Inselbegabung, meine schulischen

Leistungen waren ein solides Festland mit einem schwarzen Loch in der Mitte, und das war die Mathematik. Irgendwann in der achten Klasse hatte ich den Faden verloren und ab da habe ich überhaupt nichts mehr kapiert. Meinem Mathelehrer war das ziemlich egal, er machte sowieso nur mit wenigen Auserwählten, die es drauf hatten, den Unterricht und ließ den großen Rest, dem es so ging wie mir, zufrieden. Als mein Vater sich mal beschwerte, sagte er ganz ruhig: Sie hat doch überall Einsen und Zweien, das ist doch überhaupt kein Problem. Ich sah das ganz genauso, insbesondere weil ich mit sehr viel weniger Aufwand etwa in Deutsch von zwei auf eins kommen konnte als in Mathe etwa von der mühsam gehaltenen Vier auf eine Drei. Das blieb auch meine Note bis zum Abitur, seitdem habe ich nie wieder damit befasst.

Ganz anders war es da bei dem kleinen Vincent-Cornelius, dem Sohn unserer Nachbarn. Sein Vater berichtete voller Stolz, dass die Familie Oehlmann seit 1683 ununterbrochen Pfarrer hervorgebracht hätte. Sogar in der berühmten Stadt Wittenberg ließ sich ihr Wirken nachweisen. Über die Mitglieder der Familie Oehlmann gab es nicht viel zu sagen. Mutti war ein verhuschtes Wesen, das ganz und gar in seiner Mutterrolle aufging, und war von Bruder Oehlmann nur deswegen geheiratet worden, weil sie so schön gehorchte, und das hielt er für die wichtigste Tugend einer Pfarrfrau. Gabriele dagegen war ein blitzgescheites Mädchen, das ohne Probleme auf ein Gymnasium ging, welches in der fünften Klasse mit dem Fach Latein anfing. Sie brachte in allen Fächern bis auf Sport, eine glatte Drei nur Einsen und Zweien nach Hause und ihre Mutter konnte wenigstens mit ihr angeben, was ja in der Buddelkiste sehr wichtig war. Gabriele war etwa vier Jahre älter als ihr Bruder, und wenn ihr Vater sich nicht unbedingt einen Sohn gewünscht hätte, der die Familientradition aufrechterhielt, wohl das einzige Kind geblieben. Vincent-Cornelius lernte sehr spät sprechen, und war ein verträumtes und verspieltes Kind, was sehr leicht abgelenkt war. Er hatte nicht mal eine Inselbegabung, in dem riesigen Meer seines Nichtwissens gab es kein trockenes Fleckchen Erde. Und man sah es dem Jungen an, wenn er mit hängenden Schultern aus der Schule nach Hause schlurfte, wie schwer ihm das alles fiel. Ganz anders da sein Kumpel und Freund Andi, der mit sieben Jahren fünfstellige Zahlen im Kopf zusammenzähen konnte und sich selbst das Lesen beigebracht hatte. Das wurde Vincent-Cornelius immer wieder vorgehalten, zumal Andi der Sohn des Hausmeisters war. Das führte beinahe zum Ende der Freundschaft. Ich wurde beauftragt, ihm zu helfen. Als Oberstufenschülerin war ich in Nachhilfe nicht ganz unerfahren, aber bis jetzt hatte ich nur unmotivierte Mittelstufler im Fach Latein auf den richtigen Weg gebracht, sogar teilweise sehr erfolgreich. Außerdem war das ein hübscher Nebenverdienst. Das fiel zwar nun bei Vincent-Cornelius weg, als Pfarrerstochter sollte ich nicht geldgierig sein und Gotteslohn wäre schon genug. Na ja. Ich versuchte nun, mir einen Überblick über die Leistungen des Jungen zu verschaffen. Wie viel ist Fünf und Sieben? Leere Augen sahen mich an. Acht weniger Zwei? Nichts. Der Junge hatte keine Ahnung, was Zahlen bedeuteten. Ich versuchte es ihm anschaulich klar zu machen. Wenn du drei Kartoffeln auf dem Teller hast und deine Schwester Gabriele vier, wer hat dann mehr?

- „wir haben heute Mittag Nudeln gegessen".

- „Du hast vier Gummibärchen, Gabriele hat zwei. Wer hat mehr?"

- „Wir dürfen immer bloß eins, Mutti sagt, das ist ungesund."

-„Du hast fünf Kirschen, Gabriele hat acht. Wer hat mehr?"

-„Kirschen dürfen wir so viel wie wir wollen, sagt Mutti."

Ich gab es auf. Auch seine Fähigkeit zu schreiben hielt sich in engen Grenzen Er malte irgendwelche Kringel auf das Papier und behauptete, es hieße lalala. Und Lesen? Er hatte auswendig gelernt, was auf der Seite stand. Als ich ihn aufforderte, mal aus meinem Exemplar der Fibel eine Seite vorzulesen ,sagte er: „Ich weiß nicht, was das heißen soll. In meinem Buch ist ein Fleck auf der Seite, und da weiß ich, was auf der Seite steht". Also auch nichts. Als Resultat kam Vincent-Cornelius auf eine Privatschule mit einem besonderen pädagogischen Konzept, das darin bestand, dass es keine Notenbewertung gab. Nun stand auf der Beurteilungskarte immer so ein Satz wie: „Vincent-Cornelius hat in seinem Bemühen, seine Lernerfolge zu verbessern, enorme Fortschritte gemacht. Sein Verhalten den Klassenkameraden gegenüber ist immer sehr positiv". Auffällig in dieser Schule war die Betonung auf handwerklichen Fähigkeiten, und da zeigte Vincent-Cornelius hervorragende Ergebnisse. Während die Holzarbeiten seiner Mitschüler immer krumm und schief waren, arbeitete er sehr sorgfältig, und es war eine Freude zu sehen, wie exakt sein Vogelhäuschen und seine Sitzbank geraten waren. Nun war der Junge inzwischen sechzehn Jahre alt geworden, und die Schule musste dem Vater mitteilen, dass an das Bestehen des Abiturs nicht zu denken war. Sein Vater murrte, weil auch der Besuch der teuren Privatschule nichts gebracht hatte, und schickte zähneknirschend den Jungen auf Anraten der Schulleitung in eine Berufsausbildung als Tischler. Das wurde als Schande für die Familie empfunden. Kaum konnte das Einserabitur von Gabriele darüber hinwegtrösten, die damit sogar sofort einen Studienplatz für das Fach Medizin bekam, und das wurde auch geduldet - denn „auf der Universität lernt sie wenigstens die richtigen Leute zum Heiraten kennen." Aber daraus wurde nichts. Gabriele zog ihr Studium durch und wurde eine sehr erfolgreiche Kinderärztin, man sagt sogar, sie sei das Vorbild für die Kinderärztin Dr.Hirte in der Fernsehserie „Unsere Frau Doktor" gewesen. Aber an das Heiraten dachte sie ganz und gar nicht. Erst viel später, als man offener über solche Dinge sprach, kam heraus, dass sie es eher mit den Frauen hielt, und neulich habe ich sogar irgendwo gelesen, dass sie ihre Lebensgefährtin nach Jahrzehnte langer Beziehung geheiratet hat.

Was au Vincent-Cornelius geworden ist, habe ich lange nicht erfahren. Neulich geriet mir irgendwo eines der hochglänzenden Innenarchitektur-Magazine in die Hände, ich weiß nicht wo, ich glaube bei irgendeinem Facharzt, den ich aufsuchen musste, und der konnte sich wohl Design-Architektur leisten, und da sah ich einen Bericht über Designer-Möbel und einen berühmten Möbeldesigner mit dem Logo VCO. Und im Bericht stellte sich heraus, dass Vincent-Cornelius tatsächlich die Tischlerlehre erfolgreich abgeschlossen hatte. Und zusammen mit seinem Freund Andreas E. - Aha, Andi, - der das Geschäftliche übernommen hatte, stellte er jetzt edelste Designer- Möbel har. Die sahen auf den Fotos sogar so aus, dass man in ihnen wohnen konnte und wirkten sehr formschön und gediegen. Und da kam mir die Überlegung, dass Vincent-Cornelius wirklich kein Dummer war, aber dass seine Eltern wohl die absolut falschen Erwartungen an ihn gehabt hatten.

# Wir hatten auch schöne Tage...

An dieser Aussagen stört ein einzige Wörtchen sehr: das Wort „auch". Wenn es heißen würde, wir hatten schöne Tage, das ist das völlig klar. Aber auch bedeutet, dass diese Tage alles andere als schön waren, dass es eigentlich gar keine schönen Tage gegeben hat, sondern dass die Sache von Anfang an völlig daneben gewesen ist.

Mir fiel dazu unsere Nachbarin ein, die Familie wohnte im Haus neben unserem. Er, Otto, war schon dort geboren, und seine Mutter war bis ins hohe Alter eine Fuchtel. Wenn sie „Ottoooo!" Schrie hörte es die ganze Straße, und Ottochen folgte auf dem Fuß. Das tat er bis ins hohe Alter, Muttilein war sein ein und Alles. Sie hat seine Frau deutlich spüren lassen, dass sie nur zugeheiratet hatte und behandelt sie als Fremdkörper.

Ottochen ist übrigens, als die alte Fuchtel den Löffel endgültig abgegeben hatte, heulend wie ein Schlosshund zu uns rüber und heulte: „Mutti ist tot!" Merkwürdigerweise habe ich Mutti nie selbst gesehen, sondern kannte sie nur aus Erzählungen von Nachbarn. Aber das hat auch gereicht und bestärkte mich darin, dass es ganz gut war, dass ich sie nie persönlich kennen gelernt hatte. Sie war zum Schluss ein Pflegefall und geistig weggetreten, und Ottos Frau hat mir immer leid getan, diese Megäre am Hacken zu haben. Leider blieb Muttis Regiment nicht ohne Folgen. Otto neigte dazu, seinen Kummer im Alkohol zu ersäufen. Und das war ein Problem. Wenn er nüchtern war, dann war er von einer schmierigen aufdringlichen widerlichen Höflichkeit, die einem auf den Sender ging, und wenn er besoffen war, dann wurde er gewalttätig. Zum Beispiel brachte er es mal fertig, sein Auto vor unserer Zufahrt zu parken. Da wir das Auto selten auf das Grundstück fuhren, war uns das zunächst egal, aber als es nach zwei Tagen immer noch dastand, bat ich Otto, mal unsere Zufahrt freizumachen. Er tat sehr erstaunt: Ich dachte, das ist gar keine richtige Zufahrt. Doch, es war eine, und ich sagte das auch, und da sah er mich ganz seltsam an und knurrte: Ich werde komisch. Dass das nicht bedeutet, er würde als Zirkusclown auftreten, wurde mir Monate später klar. Otto hatte eine Firma, die mit allem handelte, was ein Haus - und Gartenbesitzer so braucht, doch dazu später. Er hatte jedenfalls einen Transporter geliehen, weil er irgendwelche sperrigen Güter liefern musste. Und er wollte abends mit dem Gefährt noch mal los. Und nicht nur das Auto war voll getankt, er auch. Jedenfalls gab es einen Bums, und er saß hinten auf unserem Auto drauf. Wir also raus, es war wie gesagt schon nachts, der Transporte hatte eine Beule, er hatte wohl den Rückwärtsgang nicht reingekriegt, und an unserem Auto war die Stoßstange verbogen. Nach langen Hin und her und vergeblichen Versuchen, die Autos auseinander zukriegen, holten wir die Polizei. Das wollte Otto überhaupt nicht. Aber die sind eben Freund und Helfer, einer der Polizisten schaffte es, den Transporter zurückzusetzen, Aber Otto war erst mal seinen Führerschein los, es kam sogar ein halbes Jahr später zu einer Gerichtsverhandlung, aber da mein Mann auf gute Nachbarschaft Wert legte, konnte er sich an nichts mehr erinnern. Nur der Nachbar von gegenüber sagte eindeutig aus, und das bedeutete ein Jahr Fahrverbot für Otto.

Die Sache hatte auch eine unmittelbare Folge: Wir kamen am Tag nach dem Unfall gegen Abend von der Arbeit nach Hause, und da sahen wir ein Taxi vorfahren, und Ottos Frau stieg aus, gestützt von ihrer Tochter, Kopf und Oberkörper verbunden. Otto war wohl mal wieder komisch geworden.

Auch sonst war Otto ein zweifelhafter Patron. Er hatte wie gesagt eine Firma für Garten- und Siedlerbedarf, die hatte er in den Sand gesetzt, aber machte ein Jahr später mit seiner Frau als Strohmann eine neue auf, er selber durfte ja nicht mehr. Er hat es auch fertig gekriegt, eines Abends bei uns zu klingeln, und wollte meinem Mann diverse Aktien- und Immobilienfonds überschreiben, ebenso eine Lebensversicherung, weil er das an der Steuer vorbeimogeln wollte. Mein Mann als pflichttreuer Beamter ließ sich auf diesen Handel nicht ein, weil er seine Zuverlässigkeit nicht aufs Spiel setzten wollte.

Auch ansonsten war Otto ein eher fragwürdiger Typ. Dass er seiner Frau gegenüber „komisch" wurde, weil „sie das verdient hatte", muss häufiger vorgekommen sein. Aber die Krönung des Ganzen war der Umgang mit seiner Tochter. Sie hatten zwei, die ältere bekam leider mit zwölf Jahren Leukämie, ist aber vollständig geheilt worden, hat glücklich geheiratet und einen soliden Posten beim Senat von Berlin gabt. Ihre Krankheit war vielleicht ein Glück, denn der Alte ließ sie zufrieden. Das konnte man von der jüngeren nicht sagen. Otto hielt sich wohl für einen tollen Hecht, denn wie sonst konnte man sich das erklären, dass er im sich Adamskostüm in die Hollywoodschaukel legte, und zwar da, wo er von der Straße aus gesehen werden konnte. Und es blieben tatsächlich Leute stehen, wohl weil sie ihren Augen nicht trauten. Und er soll damit angegeben haben, dass er sich auch zu seiner Tochter ins Bett gelegt hat und ihr erzählt haben soll, wie schön sie sei im Gegensatz zu ihrer Mutter. Die zog daraufhin aus, kam aber ein halbes Jahr später wieder. Die Tochter hat nun zwar mit Ach und Krach das Abitur gemacht, aber keine Ausbildung zu Ende gekriegt, war ständig auf Suff oder Dröhnung, und hat sogar mal ihre Wohnung abgefackelt, weil sie besoffen mit einer Zigarette eingeschlafen ist. Sie wunderte sich dann auch, weswegen ihr das Sozialamt nichts zahlte. Später hatte sie einen Freund, der viel älter war als sie und sehr gut zu ihr war. Sie hat da wohl den guten Vater gesucht, den sie nie hatte.

Nachdem Mutti nun verblichen war, ging es auch mit Otto ganz schnell. Er entwickelte einen bösartigen Tumor und war ein halbes Jahr später dahingegangen. Nun war das Merkwürdige, dass alle dachten, seine Frau blühte auf, aber nein, sie trauerte richtig. „Wir hatten ja auch schöne Tage". Etwa der Urlaub in einem dänischen Ferienhaus, wo sie den ganzen Tag ackern und rackern musste? Hatte Otto also doch Qualitäten, die sie vermisste? Dafür sprach einiges. Sie selbst hielt sich für unwiderstehlich. Da gab es etwa der Herrn Felgentreu, Vertreter der Firma Minimax, der ihr nach dem Tod ihres Mannes geschäftlich zur Seite stand, und die Nachbarn lästerten, welches Feuer da wohl gelöscht würde. Mit meinem Mann probierte sie es auch. Oder wie sonst ist es zu erklären, dass sie ihm zu seinem Geburtstag einen Satz Unterwäsche schenkte, bedruckt mit Leopardenmuster. Leider hatte sie sich in der Größe völlig vertan, das Zeug hätte einem Teenager gepasst. Wir erzählten das bei der Geburtstagsfeier, und mein Schwiegervater zog nach etlichen Gläsern Bowle und Wodka, wir waren so richtig albern, das Ding an, es passte ihm sogar, er war von eher zierlicher Figur, er nahm alles mit, und das Leopardenmuster ist dann auch nach einigen Wäschen rausgegangen.

Dann die Sache mit dem Öl. Es war bei uns in der Straße üblich, dass mehrere Parteien zusammen Heizöl bestellten, weil das dann billiger wurde durch die große Menge. Und da sprach sie mich eines Tages an, dass am Montag das Öl kommen würde. Ich sagte, ich wisse von nichts, da lappte sie mich an, ich soll nicht so auf eingebildet machen, was ich mir denn denken würde. Es war ganz einfach: Sie hatte „Lutzii" vom Ölkauf erzählt, und mein Mann hatte es mir nicht weitererzählt, irgendwie ist es wohl weggerutscht. Das nahm sie als Anlass, als Helferin in unserer zerrütteten Ehe auftreten zu wollen. Mein Mann ist jedenfalls nie wieder allein zu ihr rübergegangen.

Die Sache endete so, dass ihre Schwester, die nach Österreich geheiratet hatte, und die ihr schon lange geraten hatte, den Kerl sausen zu lassen, sie endlich überreden konnte, zu ihr zu ziehen. Und das tat sie dann auch, sie verkaufte das Haus, zog in die Nähe von Wien, lernte einen Märchenprinzen kennen, der fünfzehn Jahre jünger war und lebte von da an herrlich und in Freuden. Und hatte endlich schöne Tage ohne „Auch".

# Kein böses Wort

Bei uns gibt es kein böses Wort! Das ist auch so ein Standardspruch. Wenn man den ergänzt, könnte man denken: Ja, aber auch kein Gutes. Dazu fallen mir immer die Nachbarn meiner Schwiegereltern ein. Sie waren zwar befreundet mit Hempels, aber dennoch herrschte zwischen ihnen ein ständiger Konkurrenzkampf. Dabei waren die Karten ganz ungleich gemischt. Die beiden Hempels waren berufstätig, hatten also sehr viel mehr Geld als meine Schwiegereltern, wo ein Beamtengehalt für drei Personen reichen musste. Aber da sie für meine Schwiegereltern „prömmetive Proleten" waren, suchten sie sie auf anderem Gebiet zu übertrumpfen. Das betraf auch die Kinder. Ihr Sohn, Rene, war zwar ein so genanntes Schlüsselkind, weil beide Eltern arbeiteten, aber deswegen glühend beneidet von meinem Mann, denn Rene konnte in der Wohnung machen was er wollte, während er beinahe durch die Wohnung schweben musste, um ja nichts dreckig zu machen. Deswegen war er auch meistens bei Rene unten. Rene hatte sturmfreie Bude, aber nutzte das aber nicht weiter aus, sondern beide Jungs hörten sich die neuesten Titel der Beatles auf Renes Plattenspieler an. An die Musiktruhe seiner Eltern durfte nur meine Schwiegermutter ran, und deswegen waren auch alle ihre Schallplatten verkratzt. Im Übrigen hatte Rene als erster Jugendlicher im ganzen Haus einen Plattenspieler, und so bot sich das an, die Musik bei ihm zu hören.

Aber da gab es noch andere Sachen, Renes Eltern legten großen Wert aufs Essen, während es bei meinen Schwiegereltern eher sparsam zuging, da hatte man den Eindruck, sie zählten einem die Bissen im Mund. Und zum Abendessen gab es meistens nur in Schinken eingerollte Spargelstangen, dekoriert mit Tomaten, dafür brachte meine Schwiegermutter den ganzen Tag, um das vorzubereiten, und der Schinken bog sich schon in der Wärme, und dann kam der Spruch: es muss nicht immer Kaviar sein. Das Buch von Johannes Mario Simmel muss ihnen mächtig imponiert haben, obwohl die dort geschilderten kulinarischen Delikatessen mir eher seltsam vorkamen, als ich es mal gelesen habe. Abgesehen davon gab es bei ihnen sowieso nie Kaviar, aber wenn man das verglich mit dem, was Renes Eltern auffuhren, wenn sie Besuch hatten, war das eher bescheiden. Im Übrigen waren Renes Eltern bessere Gastgeber als Gäste, da konnte es schon vorkommen, dass Ruthchen sagte: Das esse ich nicht. Auch mit den Reisen wurde geprotzt, aber das war auch nicht so das Richtige, weil Renes Eltern nicht so gerne verreisten, besonders weil sein Vater Diabetiker war und das war auf Reisen damals nicht so ganz einfach zu handhaben.

Also blieben nur die Kinder als Renommierobjekte übrig. Rene machte mit Ach und Krach das Abitur, studierte auch mit Ach und Krach, aber da er ein praktischer Mensch und großer Organisator war, hat er seinen Weg gemacht. Nun gab es aber eins, worin sich Renes Eltern haushoch überlegen fühlten. Bei meine Schwiegereltern ging es oft sehr temperamentvoll zu, besonders wenn gefeiert wurde, und obwohl sie sich über alle Nachbarn beschwerten, dass sie zu laut waren, galt das nicht, wenn sie selbst feierten, dabei konnte man das mit Sicherheit im ganzen Haus hören. Besonders meine Schwiegermutter neigte dazu, auch mal aus der Rolle zu fallen. So beklagte sie sich einmal bei Ruthchen, dass sie niemals wieder einen behinderten Mann heiraten würde, und was sie mit dem alles mitmachen müsste. Das fing an, welchen Dreck er in ihrer Wohnung machen würde, und sie müsste ständig hinter ihm herräumen, und seit er als Rentner zu Hause sei, sei es nicht auszuhalten in der Wohnung und er würde sie ständig stören und sie käme zu nichts. Dabei war er gar nicht behindert in dem Sinn, dass er ein Pflegefall war, er war als Junggeselle jahrelang in der Lage gewesen seinen Haushalt selbständig zu führen, nur seine Rückgratverkrümmung führte dazu, dass er manchmal Schmerzen hatte, er war als Kind unglücklich gestürzt. Und seine Anfälle von Geiz waren wohl nicht auf seine Behinderung zurückzuführen.

Besonders wenn viel Alkohol im Spiel war, und das war es meistens, dann konnte sie schon aus der Rolle fallen und sich bitter über ihren Mann beklagen, der ihr so gar nichts bieten konnte. Und das bezog sich auf sehr materielle Dinge wie Schmuck oder einen Pelzmantel. „Ich habe bloß so einen popligen kleenen Beamten abgekriegt, da is so was nich drin". Abgesehen davon, dass der poplige kleine Beamte sich nach dem Krieg seine Ehefrau unter Vielen hätte aussuchen können, schenkte er ihr nach Möglichkeit schon Schmuck oder auch eine Pelzjacke. Dass ihr die absolut nicht stand und dass sie darin nicht aussah wir ein Filmstar sondern wie eine Kolchosbäuerin, war eine andere Sache.

Ruthchen legte übrigens auf überkandidelte Kleidung keinen Wert und war zwar schick, aber eben normal angezogen. Und die Tiraden über den Mann, der ihr nichts bieten könnte und was sie ohne ihn alles hätte werden können, das führte dazu, dass Ruthchen einmal süffisant sagte: „Bei uns gibt es kein böses Wort". Und das hätte man ohne weiteres glauben können, wenn man die beiden am Sonnabendmorgen Händchen in Händchen zum Bäcker gehen sah, um Brötchen zu holen, denn sonnabends wurde ausgiebig gefrühstückt. Meine Schwiegermutter fand das nun auch albern, und da hatte sie nicht mal Unrecht. Alles bloß für die Leute.

Sie waren Meister darin, Probleme zu leugnen. Vermutlich hätte Ruthchen auch gerne fließend warmes Wasser und ein Handwaschbecken in der Wohnung gehabt, wie meine Schwiegereltern, die sich das auf eigene Kosten nebst Gasetagenheizung hatten einbauen lassen. Ruthchens Mann stand auf dem Standpunkt: „Ist ja nur für den Hauswirt". Dass er und nicht der Hauswirt in der Wohnung wohnte, war unerheblich. Auch dass Rene keine Freundin mit nach Hause brachte, war ein wunder Punkt. Als Tante Emmi mal die Vermutung äußerte, Rene wäre schwul, wurde sie nie wieder eingeladen und es kam zum Familienkrach, und Rene druckste herum, er hätte eine Freundin, aber wolle sie noch nicht präsentieren. Dass er schon zehn Jahre lang mit der Frau seines ehemaligen Mathelehrers liiert war, die siebzehn Jahre älter war, das verschwieg er, so behauptete er immer, allein in Urlaub zu fahren, obwohl die beiden zusammen verreisten. Es wurde einfach nicht darüber gesprochen, und es ist nie klar geworden, ob Renes Eltern das nicht gewusst haben oder nicht wissen wollten oder ob sie Angst gehabt haben, was „die Leute" sagen würden. Als die Sache dann nach zwanzig Jahren rauskam, traf Renes Vater sozusagen der Schlag. Er kam auf mir einem Herzinfarkt auf die Intensivstation und wurde nie wieder der Alte. Und in diesem Zusammenhang zeigte sich, dass es wohl doch Probleme gab. Ruthchen war wohl kein Kind von Traurigkeit, und ihr Mann konnte ihr in dieser Hinsicht wohl gar nichts mehr bieten, und das betraf nicht Brillis und Pelze. Jedenfalls kränkelte er noch einige Jahre bis er - übrigens nur ein paar Wochen nach meinem Schwiegervater – das Zeitliche segnete. Im Vergleich zu der eher schlichten Urnenbeisetzung von diesem gab es für Renes Vater ein pompöses Begräbnis mit Sarg und allem was dazu gehörte. „Das können wir uns leisten und das bin ich ihm schuldig". Aber: Man sagt, der Sarg war noch nicht kalt, das war Ruthchen schon mit Rudolf liiert. Der war ein ehemaliger Arbeitskollege und ein paar Jahr jünger als Ruthchen und wohnte mit seiner alten Mutter um die Ecke. Nun war diese eines Tages auch dahingegangen, und Ruthchen nahm sich des sechzigjährigen Waisenjungen an. Das hatte den Vorteil, der war motorisiert, zwar nur ein kleines Auto, aber immerhin, und es war noch kein Jahr vergangen, eher nur wenige Monate, da zogen die beiden zusammen. Und daraufhin angesprochen, meinte Ruthchen, ihr Verblichener hätte ihr schon gestattet, sich jemanden zu suchen, bei dem sie das bekam, was sie brauchte, und was er ihr nicht mehr geben konnte. Aber nun mal ganz ehrlich, da ist mir lieber, dass auch mal die Fetzen fliegen, als diese Heuchelei von „kein böses Wort", aber es wird alles unter den Teppich gekehrt, bis es tatsächlich aussieht wie bei Hempels unter dem Sofa.

# Ich hab doch nur Spaß gemacht

Diese Überschrift ist ausgesprochen irreführend, denn das, was hier geschildert wird, ist alles, nur nicht spaßig. Das fängt an mit den berüchtigten Horror-Clowns, die um Halloween herum auftreten und die Leute erschrecken, wobei einige von denen ihr Fett selbst abgekriegt haben. Ehrlich gesagt, ich habe Clowns auch nie richtig lustig gefunden, sondern mich eher vor ihnen gefürchtet, weil sie mir unheimlich waren. In meiner Kindheit gab es da im Zirkus den dummen August, der über alle möglichen und unmöglichen Dinge des Alltags stolperte, der tat mir Leid. Und der so edel geschminkte Clown in dem goldigen Kostüm machte auf mich immer einen traurigen Eindruck, und da waren auch noch die, man sagte damals politisch absolut unkorrekt, Liliputaner, die taten mit leid, weil ich sie in ihre Behinderung bedauerte, andererseits hatte ich auch etwas Angst vor denen wie vor allen Clowns. Also Schluss mit lustig.

Auch im Alltag ist spaßig Gemeintes im Normalfall absolut nicht spaßig. Mir ist das zum ersten Mal aufgefallen, das waren wir noch ziemlich jung verheiratet bei meinen Schwiegereltern eingeladen und zugegebenermaßen waren da schon ziemlich viel Pfirsichbowle und diverse härtere Sachen im Spiel, als plötzlich mein Schwiegervater anfing meinen Bauch zu betätscheln und meinte: du hast ja einen ganz schönen Trichel! Ich starrte ihn einigermaßen überrascht an, und er grinste dazu. Ich war mit einem Schlag plötzlich stocknüchtern und äußerte meinen Unmut über sein Vorgehen. Daraufhin schüttelten beide indigniert die Köpfe und bescheinigten mir, ich hätte ja absolut keinen Humor. Dann folgte: „Schätzchen lach mal! So!" und er machte mir die blödesten Grimassen vor. Ich fand das nun gar nicht lustig, vor allen auch deswegen, wenn man sich mit ihm so einen Spaß erlaubt hätte, dann wäre er an die Decke gegangen. Er konnte nämlich wunderbar austeilen, aber selbst nichts einstecken. Und ich hatte meinen Ruf als humorlose Ziege eingefangen Aber eins habe ich daraus gelernt: Wenn jemand zu weit gegangen ist, dann behauptet er, das wäre nur Spaß gewesen und kann dann sein Opfer noch als humorlos darstellen.

Das nächste Mal als ich mit einem solchen Spaßmacher konfrontiert wurde, war das in meiner Tätigkeit in der Schule. Was war passiert? Der Schüler Philipp-Maximilian war auf den Schüler Ralf losgegangen. Prügeleien waren an meiner Schule ganz selten, was auch wohl daran lag, dass sie überwiegend von Mädchen besucht wurde, aber es war nun mal passiert, und die Klassenkonferenz wurde einberufen, um die beiden Betroffenen zu hören. Zugezogen wurde auch die Klassensprecherin Jessica, aber da die Geschichte in der Umkleide der Jungs beim Sportunterricht passiert war, konnte sie nicht viel dazu sagen, und so wurde auch noch Frank, der dritte Junge als Zeuge geladen. Da stellte sich die Sache so dar: Philipp-Maximilian in stylischen Klamotten, die blonde Mähne gefönt, er hatte auch ein eigenes Auto, war von seinen Eltern an unserer Schule angemeldet worden, weil sie den Ruf hatte, besonders leicht zu sein. Das stimmte nun zwar nicht, aber es ist Tatsache, dass auf dieser Schule Schüler das Abitur gemacht haben, die woanders als unfähig zu höherer Bildung aussortiert worden sind. Aber das lag nicht an den zu geringen Abforderungen, sondern am pädagogischen Konzept. Aber weil Philipp-Maximilian nun mal auf dem Nobel-Gymnasium seines Wohnbezirks kläglich versagt hatte, und zum wiederholten Mal sitzen geblieben war, hatten seine Eltern den Deal mit der Schule erreicht, dass sie ihn abmeldeten dafür bekam dafür die Oberstufenreife sozusagen hinterher geworfen: Geh mit Gott, aber geh. . Er machte dann auch keine Hehl daraus, dass diese Schule unter seiner Würde sei und fuhr mit seinen eigenen Wagen vor, er war ja schon achtzehn, aber das imponierte seinen Mitschülerinnen überhaupt nicht. Und da war Ralf, dem es nicht an der Wiege gesungen worden war, dass er es überhaupt bis in die Oberstufe schaffen wurde. Er wuchs bei seiner Großmutter auf, während seine Mutter sich als Lebenskünstlerin irgendwo in Spanien herumtrieb. Und diese Großmutter war nicht die Oma so lieb aus dem Lied von Heintje, sondern arbeitete Schicht bei einer Gebäudereinigungsfirma. Sie hatte auch keine Ahnung von Schiller und Goethe, aber sie sorgte dafür, dass Ralf pünktlich und regelmäßig mit sauberen Klamotten die Schule besuchte, seine Hausarbeiten machte und sie versäumte es nicht, ihm jeden Tag eine Frühstücksbox mit frischem Obst und Gemüse sowie gesundem Brotbelag mitzugeben. Vielleicht ist das wichtiger als teure Nachhilfe und irgendwelchen snobistischen Hobbies. Aber in diesem Zusammenhang hatte es schon die ersten Reibereien mit Philipp-Maximilian gegeben, der sich sein Frühstück in der schuleigenen Cafeteria kaufen konnte, wofür Ralf schlicht kein Geld hatte. Und Ralf schlug sich wacker, zwar keine Leuchte, aber sehr anständig, während Philipp-Maximilian am unteren Rand des Notendurchschnittes herumkroch, obwohl die Schule ja angeblich so leicht war.

Dieser, nun nach dem Hergang der Prügelei befragt, schüttelte seine Mähne und behauptete, er wäre das eigentliche Opfer gewesen, er hätte sich nur gewehrt, weil Ralf auf ihn losgegangen war. Der, sonst ein stiller Junge, dem man jetzt noch die Spuren des Kampfes ansah, diverse Pflaster und ein blaues Auge, der explodierte und behauptete, Philipp-Maximilian hätte ihn beleidigt. Man sah übrigens Frank jetzt an, dass er sich mühsam zurückhielt. Daraufhin beantragte Jessica eine kurze Pause, sie müsste mal kurz mit Frank unter vier Augen sprechen. Nach der Unterbrechung hatte sich der dazu durchgerungen, das Jahrtausende alte Gebot des Nicht-Petzens außer Kraft zu setzten, und berichtete, dass Philipp-Maximilian dem Ralf an den Kopf geworfen hätte, jemand, der aus der Gosse käme, der hätte kein Recht darauf, das Abitur zu machen. Dann war Ralf auf ihn losgegangen, aber Philipp-Maximilian, gestählt durch Kampfsportkurse und Muckibude, bezahlt mit dem Geld seiner Eltern, hatte ihn regelrecht auseinander genommen. Ob diese Darstellung zuträfe, fragte der Oberstufenleiter. Philipp-Maximilian nickte. „Ich hab doch nur Spaß gemacht! Warum rastet der Dödel gleich so aus? Selbst schuld!"

Die Sache ging übrigens so aus, dass Philipp-Maximilian die Schule wegen unzureichender Leistungen verlassen musste, woraufhin seine Eltern diese als rote Kaderschmiede verunglimpften. aber das traf nicht zu, der Junge war einfach nur dumm. Als Nachspiel ist anzumerken, dass seit diesem Vorfall jahrelang der Abiturvorsitzende der Schule nicht der eigene Schulleiter war wie es üblich ist, sondern ein Verwaltungsmensch aus der Senatsschulverwaltung, immer wieder ein anderer. Allerdings betonten diese wechselnden Prüfungsvorsitzenden immer wieder, wie beeindruckt sie von den Leistungen der Prüflingen gewesen waren, also nichts mit Abitur aus Mitleid hinterher schmeißen.

Aber nicht nur dumme Jungen mit Kraftüberschuss benutzen die Formel mit dem nur Spaß gemacht, um sich herauszureden. Bei einem weiteren Mal wäre ich beinahe zur Feministin geworden. Es ging darum, dass ich an einer Staatexamensprüfung als Schulprüferin teilnahm, es ging um eine Pädagogikprüfung, und diese war um einige Wochen verschoben worden, weil das Kind der Kandidatin schwer erkrankt gewesen war. Als es dem Kleinen besser ging, wurde also die Prüfung neu angesetzt. Aber die Mutter war irgendwie nur halb bei der Sache, und sie bestand die Prüfung zwar, aber wie sie selbst sagte, unterhalb ihrer eigentlichen Möglichkeiten, weil sie den

Kopf nicht frei gehabt hätte. Und da sagte der Prüfungsleiter: „Na ja, es muss ja auch Muttis geben!" Die andere Prüferin, eine Professorin, mit der ich sonst durchaus nicht immer einer Meinung war,  wir kannten uns von vielen Prüfungen und hatten schon oft heftige Diskussionen gehabt, ging durch die Decke, und in diesem Fall waren wir uns einig, dass so etwas gar nicht ging. Und da sagte der Prüfer: „Ich wollte doch nur Spaß machen".

Und seitdem ist mir aufgefallen, dass es eigentlich einen unmöglichen Ton von alten männlichen Politikern gegenüber Frauen gibt. Da war der zugegeben leicht angesäuselte Herr Brüderle, der einer Journalistin Komplimente machte, sie hätte ordentlich Holz vor der Hütte. Auch ein Herr Henkel, der eine aufstrebende junge  Parteipolitikerin als große süße Maus bezeichnete, das fällt in dieselbe Kategorie, vor allem, weil die alten Herren sich nichts dabei denken und sich dann auch rausreden, dass das Opfer eben keinen Humor hat. Fest steht jedenfalls, dass ein so genannter Herrenwitz kein Witz ist, über den man lachen kann, und wer wirklich ein Herr ist, der würde mit Sicherheit auch einen solchen Witz niemals machen. Und die Frage ist nun, wie würden die Herren reagieren, wenn jemand so etwas zu ihrer Frau oder Tochter sagt? Es ist leicht, jemand eine Unverschämtheit an den Kopf zu werfen, und sich dann herauszureden, wenn man merkt, dass man zu weit gegangen ist. Aber das ist dann eher ein Zeichen von Dummheit. Beleidigt, du alter Sack? Aber ich habe doch nur Spaß gemacht.

# Sie ist ja so sensibel

Als Kind habe ich mir eine völlig falsche Vorstellung von der Bedeutung des Wortes „sensibel" gemacht. Es müsste eigentlich so viel bedeuten wie einfühlsam oder feinfühlig. Ich dagegen bekam schon als Kind Personen als sensibel aufgetischt, die empfindliche kleine Mimosen waren und wie selbstverständlich voraussetzten, dass man auf sie jede erdenkliche Rücksicht nahm, weil sie eben doch so sensibel waren.

Da gab es dieLeute, die davon ausgingen, dass man sie beim Spielen selbstverständlich gewinnen ließ und die erwarteten, dass man jeder ihrer Launen nachgab, sonst gab es eine Katastrophe.

Die Krönung von allen diesen Sensibelchen war Carola. Sie war eine

Bekanntschaft vom Spielplatz, den ich unter der ständigen Aufsicht meiner Mutter gelegentlich aufsuchen durfte. Carola kam genauso an der Hand ihrer Mutter, und da ich das gut kannte, dachte ich mir auch nichts dabei. Wir spielten im Sandkasten und auf der Wippe, und mir fiel auch nicht auf, dass Carola wenig sagte, sondern alles was ich vorschlug, ruhig mitmachte. Als wir nun friedlich im Sand mit unseren Förmchen spielten, hörte ich Carolas Mutter sagen, wie schön es doch wäre, dass die Kinder sich so gut vertrugen, wo doch Carola so sensibel war. Wir sahen uns weder oft noch selten, eine richtige Freundin war sie mir nicht, aber eine leidliche Spielgefährtin. Bis das mit dem Roller passierte. Carola hatte einen Roller, der der Traum eines jeden Kindes War. Chromblitzend, mit weißen Ballonreifen und schnell wie ein Pfeil. Carolas Eltern hatten schließlich Geld. Meinen dagegen hatte ich gebraucht geschenkt bekommen, der war eher schäbig, die Reifen hatten schon ihre weiße Farbe verloren, und der Lenker war anstelle von Griffen mit schwarzem Klebeband umwickelt. Trotzdem war dieser Roller mir lieber als das alte Modell mit Holzrädern, das ich vorher gehabt hatte. Ich versuchte, mit Carola mit dem Roller um die Wette zu fahren, aber sie gewann immer. Und meine Eltern machten mir klar, dass sie sich einen Roller wie sie ihn hatte, nicht leisten konnten. Das kannte ich, sie konnten sich nie etwas leisten, was ich habe wollte. Eine Freundin meiner Mutter machte sie schließlich darauf aufmerksam, dass der Lenker meines Rollers viel zu niedrig für mich geworden war, und dass ich einen krummen Rücken bekommen würde, wenn ich das Ding weiter benutzen würde. Da Tante Anke Krankenschwester von Beruf war, hatte ihr Wort Gewicht, und mein Roller wurde zum Fahrradklempner geschafft und als Geburtstagsgeschenk gründlich aufgearbeitet. Mit einem neuen hohen Lenker, mit zwei schicken Gummigriffen, neuen leuchtendweißen Reifen und auch sonst aufpoliert war er nicht wieder zu erkennen. Und als wir Carola das nächste Mal auf dem Spielplatz trafen, forderte ich sie zu einem Rollerrennen auf. Da gab es einen langen Asphaltweg, auf dem man ordentlich Tempo machen konnte. Und ich flitzte los und schlug Carola diesmal um mehrere Längen. Aber da hätte man sie sehen mögen. Ihr Gesicht verzerrte sich hasserfüllt und sie fuhr mir mit ihrem Roller kräftig in die Seite. Ich fiel hin und schlug mir das Knie auf. Wütend knurrte ich sie an, was ihr denn einfiele. Als Reaktion fing sie an, lauthals zu lachen. Ich fauchte sie an, warum sie noch darüber lachte, dass sie mir wehgetan hatte. Meine Mutter nahm mich beiseite und meinte, ich hätte sie gewinnen lassen müssen, weil ich ein halbes Jahr älter war und zwei Pfund schwerer. Aber sie entfernte sich mit mir ganz schnell vom Spielplatz. Und zu Hause erklärte sie mir, dass Carola eben so sensibel sei, dass sie auf eine besondere Schule ging, und dass ich Mitleid mit ihr haben müsste. Mitleid hatte ich mit meinem aufgeschlagenen Knie, und von da an sah ich Carola mit anderen Augen Sie ging immer nur an der Hand ihrer Mutter, sprach sehr wenig und mir viel auf, dass sie irgendwie durch einen durchguckte. Also bekloppt- Aber nicht so bekloppt, dass sie nicht wusste wie man sich einen Vorteil verschaffen konnte. Ich habe im Übrigen nie wieder mit ihr gespielt, aber das fiel mir auch nicht weiter auf, weil wir sowieso kurze Zeit später weggezogen sind.

Wir zogen wie schon erwähnt in eine Siedlung am Stadtrand, die der Kirche gehörte. Und das bedeutete, dass dort viele Leute wohnten, die dieser Institution verbunden waren. Und da gab es viele seltsame Leute. Auch sensible Leute, die zum Beispiel Migräneanfälle bekamen, wenn man sich länger als fünf Minuten vor ihrem Fenster aufhielt, ohne auch nur den geringsten Krach zu machen, und eine Alte aus unserem Haus war besonders bösartig. Zum Hauseingang führten sieben Stufen im Freien hoch, und da saßen Püppi und Heike, sieben und fünf Jahre alt und spielten mit ihren Puppen. Man hörte sie kaum. Aber die alte Frau Meinert fühlte sich gestört und kippte einen Eimer Wasser auf den Treppenstufen aus. Püppi und Heike flohen heulend. Und nicht genug, die Alte sorgte dafür, dass die Stufen dauerhaft feucht blieben, indem sie alle halbe Stunde einen weiteren Eimer Wasser auskippte. Leider hatte sie übersehen, dass sowohl Püppis als auch Heikes Vater Polizisten waren, und die machten dem Spuk rasch ein Ende. Aber das größte Sensibelchen war Fräulein Schröder. Sie legte auf das Fräulein den allergrößten Wert, und deutet irgendwann mal an, dass ihr Verlobter im Krieg gefallen sei und sie sich nie wieder zu einer Beziehung hatte entscheiden könne. Wahrscheinlich war der Krieg eine gute Ausrede dafür, dass sie keinen abgekriegt hatte. Auch um für ihren Lebensunterhalt zu arbeiten, war sie zu sensibel. Sie war im kirchlichen Dienst tätig, aber auch der wusste mit ihr nichts Rechtes anzufangen. Eine Gemeindehelferin musste eine zupackende Frau sein, die mit allerlei menschlichen Problemen fertig werden musste, und das konnte sie nun gar nicht. Auch mit dem Kinderkreis kam sie nicht klar, denn obwohl es in kirchlichen Kreisen meist gesitteter zugeht als im rauen Berliner Alltag, haben die lieben Kleinen mit ihr Katz und Maus gespielt. Schließlich setzte man sie ins

Gemeindebüro, wo sie sich in der Registratur verkroch, und wenn nicht Schwester Gertrud, die Gemeindeschwester, so tüchtig gewesen wäre und Sachen miterledigte, die eigentlich gar nicht in ihren Zuständigkeitsbereich fielen, wäre die Gemeindeverwaltung total zusammengebrochen. Aber Fräulein Schröder war ja so sensibel.

Ich hatte die Gemeinde etwas aus den Augen verloren, denn nach meiner Einsegnung, die ein verbitterter Kollege meines Vaters eher als Aussegnung bezeichnete, habe ich mich in der Gemeinde nie wieder blicken lassen. Aber da war ich nicht die Einzige, das ging den meisten meines Altersgenossen so. Da es nun in Berlin eine große Wohnungsknappheit gab, waren wir froh, dass wir bei unserer Heirat die Wohnung meines Eltern übernehmen konnten, aus der ich als Einzelperson nach deren Tod zwar genötigt worden wäre auszuziehen, aber durch die Heirat konnten wir dort wohnen bleiben. Und deshalb sah man auch immer wieder noch dieselben Leute.

Wir sind nun auch innerhalb der Wohnsiedlung einmal umgezogen, weil unsere Nachbarn zwei Kinder hatten, Junge und Mädchen, und die hätten gerne ein eigenes Zimmer gehabt, während wir mit drei Zimmern zufrieden waren. Als wir nun die Wohnungen getauscht hatten, waren wir einige Tage ohne Telefon. Das war insofern kein Problem, als genau 20 Meter von unserem Hauseingang zwei Telefonzellen waren, wir konnten nur nicht angerufen werden. Aber das ist eigentlich auch kein so schlimmer Zustand. Jedenfalls bewaffnete ich mich mit unserem Telefonverzeichnis, weil ich einen Anruf zu machen hatte und ich wollte das gleich mit dem Einkaufen verbinden, weil die Telefonzellen auf dem Weg zum Kaufmann lagen. Als ich ankam, war ein Telefon kaputt, in der anderen Zelle stand Fräulein Schröder und telefonierte. Ich stelle mich davor, sie sprach offensichtlich schon eine Weile Nach etwa zehn Minuten machte ich mich bemerkbar, sie öffnete halb die Tür und erklärte mir, diese Gespräch sein für sie ungemein wichtig und könnte nicht unterbrochen werden. Na schön, dann ging ich eben zuerst einkaufen, das würde mit Fußweg etwa eine halbe Stunde dauern und dann eben danach telefonieren. Der Einkauf dauert auch etwa eine halbe Stunde, aber als ich dann wieder an der Telefonzelle ankam, hatte sich das Bild geändert. Fräulein Schröder telefonierte immer noch, aber es hatte sich inzwischen eine Schlange von etwa sieben bis zehn Personen gebildet. Und ich stand jetzt ganz hinten. Vor mir war Herr Schrank, der sah genauso aus wie er hieß und war von Beruf Fernfahrer.

Und es machte sich in der Schlange ein Murren breit. Herr Schrank bemerkte, das Gespräch dauerte schon zwanzig Minuten, ich konnte in verbessern, indem ich meinte, es wären schon mehr als vierzig Minuten. Und da platzte ihm der Kragen. Es sagte zu den beiden alten Damen, die vor ihm in der Schlange standen, Entschuldigung! Dann klopfte er kräftig an die Glastür. Fräulein Schröder bedeutete ihrem Gesprächspartner einen Moment zu warten, und man sah, dass sie sich nicht entscheiden konnte, ob sie zu Herrn Schrank oder zum Hörer sprechen sollte. Schließlich entschied die sich für Herrn Schrank, der war der Stärkere. Und sie erklärte ihm: „Ich habe hier ein wichtigen Gespräch mit einer Studienrätin, die bedeutet mir so viel, sie hat mir so geholfen, Zu Ostern wollte ich sogar Selbstmord begehen, und sie hat mir so geholfen, wenn sie nicht gewesen wäre…" Herr Schrank unterbrach sie: „Hätten sie man Selbstmord begangen, dann könnten wir jetzt wenigstens telefonieren! Und was dann wenn ein Notruf kommt und sie blockieren hier die Telefonzelle, das ist hier eine grobe Unverschämtheit!" Das wirkte. Fräulein Schröder beendete das Gespräch ganz schnell und verzog sich, nicht ohne einen bitterbösen Blick auf die Warteschlange zu werfen. Ich aber verzog mich, weil ich vermutlich an dem Tag nicht mehr dran gewesen wäre und machte das Telefongespräch vom Apparat unserer Nachbarin. Jedenfalls waren wir froh, als wir nach einigen Tagen wieder unser eigenes Telefon hatten. Aber seitdem bin ich sehr auf der Hut vor sensiblen Leuten, weil die meistens eben nicht sensibel, sondern ganz schön rücksichtslos sind.

## Diese jungen Dinger!

Dieser Ausruf, der in den höchsten Tönen der Empörung zu erfolgen hat, ist vermutlich so alt wie die Menschheit. „Diese jungen Dinger" sind schnippisch, faul, pflichtvergessen, schlampig bei der Arbeit und haben nur das Eine im Kopf, und das sind Männer und wie man die anbaggert. Sie haben kein Ehrgefühl und wissen nicht, was Arbeit ist.

Vermutlich hat es das schon in der Steinzeit gegeben, dass die jungen Dinger nicht auf den Höhlenbärenbraten und seine Zubereitung achteten, sondern lieber den keulenschwingenden Jägern hinterher schauten, um sich dann kichernd mit ihren Mitschwestern darüber auszutauschen. Nur geraucht haben sie damals vermutlich noch nicht. Das ist heute allerdings etwas, was zu diesen jungen Dingern dazu gehört, dass sie kichernd und schwatzend in der Mittagspause zusammenstehen und diese offensichtlich viel zu lange ausdehnen. Das hat es zu unserer Zeit nicht gegeben! Das sagen dann die älteren Dinger, die an den jungen Dingern so ziemlich alles zu kritisieren haben, von der Art, wie die sich kleiden bis zu dem sittenlosen Umgang mit dem anderen Geschlecht. Sie sind vermutlich nie jung gewesen. Aber es ist ein Zeichen der Hoffnung, dass die jungen Dinger auch mal älter werden und dann ihrerseits genauso über die jungen Dinger schimpfen, die so unmoralisch, faul und frech sind. Als ob sie nie jung gewesen sind. Oder spielt dabei der Neid mit, dass sie so etwas nie gemacht haben? Manchmal haben sie es auch einfach nur vergessen. Besonders häufig gibt es diesen Ausspruch im Verhältnis zwischen im Krankenhaus zwischen der Oberschwester            und            den

Schwesternschülerinnen, aber auch bei ältlichen Lehrerinnen und Schülerinnen.

Ein tolles Beispiel für so ein älteres Fräulein war das Knörpelchen. Das war eine Nachbarin in unserem Haus in der Kirchensiedlung. Wie schon mal erwähnt, waren in unserem Aufgang auf jeder Etage fünf Wohnungen, darunter jeweils drei so genannte Einraumwohnungen, die neben einer Wohnküche ein innen liegendes Bad und einen so genannten französischen Balkon umfassten, das war ein Eisengitter vor einer Balkontür. Heut würde so ein kombinierter Wohnraum mit Küchenzeile, nur durch einen Vorhang abgetrennt wohnungsrechtlich gar nicht mehr zulässig sein, aber nach der Wohnungsnot der Nachkriegszeit brauchte man viele billige und schnell zu bauende Wohnungen, und eine solchen Einraumwohnung war allemal besser als ein Zimmer zur Untermiete. Kurz gesagt, durch die Bauart des Hauses wohnten nun neun alleinstehende ältere Damen zusammen in dem Haus. Und das gab Stoff zur Unterhaltung. Besonders die erste Wohnung gleich am Eingang im Erdgeschoss schien absonderliche Leute anzuziehen. Die erste Bewohnerin, die Mutter eines Pfarrers, die diese Bleibe nur durch dessen Beziehungen bekommen hatte, saß den ganzen Tag bei heruntergelassenen Jalousien in ihrer Bude, und wenn sie sich dem Haus näherte, und irgendjemand ging hinein, dann wartete sie auf der anderen Straßenseite bis der weg war, und nur wenn wirklich keiner zu sehen war, ging sie rein. Sie war so um die neunzig und hat auch nur kurze Zeit in der Wohnung gelebt. Ihre Nachfolgerin saß zwar auch bei heruntergelassenen Jalousien in der Wohnung, war aber im Gegensatz zu ihrer Vorgängerin sehr kontaktfreudig. Wir hatten einen sehr engen Kontakt zu einer Nachbarin, die gleich in der ersten Wohnung des Aufgangs wohnte, die half immer aus, wenn man Zucker oder Mehl brauchte, und war immer für alle da. Sie war mit ihrem Mann in die Zweizimmerwohnung gezogen, aber der war plötzlich gestorben, und sie verdiente nun ihre Brötchen mit dem Schreiben von Examensarbeiten für Studenten. Die nehmen es nicht so genau mit den Abgabeterminen, und deswegen hat Frau V. manchmal die Nächte durchgearbeitet, damit die Arbeit rechtzeitig abgegeben werden konnte. Und sie hatte ein offenes Haus für jeden. Nun stellte sich also die neue Nachbarin vor. Sie kam aus Thüringen, genau gesagt aus Sondershausen, und erzählt von dort die tollsten Geschichten .Nur glaubte Frau V. ihr kein Wort, weil die Familie ihres Mannes ebenfalls aus Sondershausen stammte und sie den Ort genauestens kannte. Beim Austausch von Bildern stellte sich dann auch heraus, dass die Schwiegermutter von Frau V. mit der Fürstin von Sondershausen verkehrt hatte. Daraufhin wurde Frau Most etwas ruhiger. Aber sie blieb trotzdem etwas seltsam. Zum Beispiel konnte es passieren, wenn wir zu Frau V. Wollten und an der Tür klingelten, dass die Tür von Frau Most aufging und sie sagte: „Frau V. ist nicht da!" Frau V. fragte schließlich bei ihr an, ob die Klingeln gekoppelt seien. Auch sonst mischte sie sich massiv ein. Zum Beispiel kam sie öfter zu Frau V. zum Fernsehen rüber weil sie keinen Apparat hatte. Und damals war es noch üblich, dass am Programmende die Nationalhymne gespielt wurde, und da Frau V. eine ausgesprochene Nachteule war, wurde immer bis zum Programmende geguckt. Und Frau Most stand dann auf und sang laut mit und verlangte von Frau V, dass sie auch aufstehen sollte. Die verbat sich das schließlich. Oder ein anderes Mal trug Frau V. Bei dreißig Grad im Sommer ein ausgeschnittenes Sommerkleid. Und Frau Most tadelte das als zu sittenlos.

Ein anderes Mal ging es um die Schreibarbeiten. Frau Most sah es gar nicht gerne, dass bei Frau V. die Studenten ein und aus gingen. So viele junge Männer, was sollen da die Leute denken! Und einmal, das ging es darum, dass der Termin für die Abgabe wirklich dringen war, da hat sie mal die ganze Nacht durchgeschrieben, und das ging so: Der Kandidat diktierte ihr die Seiten in die Maschine, sie schrieb sie, und während sie sie Korrektur las, bastelte der Kandidat aus seinem chaotischen Manuskript die nächsten Seiten für eine diktierfähige Fassung. Das dauerte dann etwa so eine halbe Stunde. Und irgendwie haben die beiden dann eine abgabefähige Arbeit zusammengekriegt.

Frau Most war empört. Von 23.30 bis 0.30 habe ich sie schreiben hören, dann war eine halbe Stunde Pause. und kein Geräusch. Und dann wieder um 3. 30 . Was haben Sie da eigentlich gemacht???

Ein anderes Mal hatte Frau V. Besuch von zwei ihrer zahlreichen Neffen. Die kamen mit einem alten Käfer aus Köln, brachten Luftmatratzen und Schlafsäcke mit, nächtigten dort auf dem Fußboden und düsten am nächsten Morgen ganz früh wieder ab. Es war im November, deswegen war es morgens noch dunkel. Frau V. begleitete ihre beiden Neffen noch, die hatten ihre Luftmatratzen zusammengerollt und schleppten sie nun zum Auto, sie gingen gemeinsam zum Parkplatz, Frau V. verabschiedete die beiden Jungs. Als sie zu ihrer Wohnung zurückkam, stand ein Funkwagen vor der Tür. Frau Most hatte die Polizei geholt. Sie wollte beobachtet haben, dass Frau V. von zwei finster aussehenden Gestalten entführt worden war, die beiden Neffen waren so an die 1, 90 groß , sie hätten sie gewaltsam ins

Auto gezerrt, und den Hund hätten sie erschlagen und in eine Decke gerollt und mitgenommen zum Auto - die zusammengerollten Luftmatratzen. Es kostete Frau V. einige Mühe, den wahren Sachverhalt aufzuklären.

Auch meiner Mutter machte sie Vorhaltungen, weil diese beim Abwaschen laut Radiomusik hörte, die Sendung hieß Musik von damals und die spielte Schlager aus den Dreißigern. Frau Most, die das hörte, meinte, ein Pfarrfrau dürfte so weltliche Musik nicht hören. Meine Mutter verbat sich diesen Unsinn sehr energisch. Mich ließ Frau Most zufrieden, weil ich noch zu jung war für die Kritik an diesen jungen Dingern, und ich gab auch keinen Anlass dazu, auch aus Mangel an Möglichkeiten. Es gab praktisch keine Jugendlichen in der Siedlung, und ich hatte auch keine Lust, nachts stundenlang unterwegs zu sein. Aber für Frau Most waren „junge Dinger" alle, die jünger waren als sie. Dabei war sie eigentlich Fräulein Most. Und in ihrer Jugend war sie Sängerin gewesen. Wie gut sie gewesen war, das weiß kein Mensch. Jedenfalls hat sie das letzte feste Engagement 1944 als Truppenbetreuung gehabt, und zu diesem Zeitpunkt brauchte man wirklich jede helfende Hand. Aber in dieser Situation hat sie wohl nicht nur gesungen, sondern die braven Landser auch in jeder anderen Hinsicht betreut. Das stellte sich so nach und nach heraus, aber das hat sie dann wie so vieles andere auch tatsächlich ganz vergessen. Nach dem Krieg schlug sie sich so durch, und obwohl sie es krampfhaft zu verschweigen suchte, lebte sie offensichtlich vom Sozialamt. Und das bedeutete, jeden Montag kaufte sie ein Brathuhn. Das wurde erst mal zubereitet, gebraten, nach zwei Tagen gab es Frikassee, und das Knochengerüst wurde dann zu einer

Hühnerbrühe verkocht. Und die allerletzten Überreste des Huhns sollte Betti bekommen. Betti war der Hund von Frau V., eine verfettete bösartige Dackeline, die jeden, der sie anzufassen versuchte, heftig biss, nicht nur ein Zwack, sondern sie biss richtig zu. Aber Frau V. hing an ihr, weil sie das letzte Geschenk war, das sie von ihrem Mann bekommen hatte. Und Fräulein Most stellte nun richtig jeden Sonntag abends einen Teller mit „Knörpelchen" für Betti vor Frau V.s Wohnungstür. Die wollte das nicht, weil Hunde keine Geflügelknochen kriegen sollten, und außerdem stolperte sie im Dunkeln öfter über den Teller, wenn im Treppenhaus mal wieder das Licht nicht ging. Aber Frau Most war da nicht zu belehren, und ihren Spitznamen hatte sie weg, insbesondere weil sie auch eine kleine spillerige Person war.

## Unser...

Das Wort „unser" ist ein besitzanzeigendes Fürwort, das bedeutet, der Gegenstand, der mit Unser bezeichnet wird, gehört Vielen. Schlimm wird das erst, wenn es sich um einen Menschen handelt. Dann bedeutet „Unser," dass dieses Wesen vielen gehört, nur nicht selbst, und die Vielen können bestimmen, was mit „unserem" geschieht. Da gab es zum Beispiel eine Fernsehserie, die hieß „Unser Walter" Da ging es darum, dass sich der sehnlichst erwartete Sohn der Familie als geistig behindert entpuppte, damals hieß das mongoloid, heute wird das Down-Syndrom genannt. Die Fernsehserie hatte den Anspruch der Menschlichkeit und hat das in der damaligen Zeit auch ganz gut erfüllt, indem gezeigt wurde, dass es nicht so sehr darauf ankommt, mit einem

„Stammhalter" Staat zu machen, sondern dass ein menschlicher Umgang mit seinen Mitmenschen wichtiger ist. Damals hieß auch die Einrichtung, die sich um Hilfe für Menschen mit Behinderungen kümmerte, „Aktion Sorgenkind" und nicht wie heute „Aktion Mensch". Und an Einrichtungen wie das Theater Ramba Zamba, in dem Menschen aller Art miteinander auftreten, und zwar sehr professionell, daran war nicht zu denken. Es lagen die finstersten Zeiten noch gar nicht so lange zurück. Ich erinnere mich an eine Prüfung, an der ich teilgenommen habe, es ging darum, dass eine Erzieherin eine spezielle Prüfung ablegen musste, weil sie ein Studium als Lehrerin aufnehmen wollte aber kein Abitur hatte. Sie wollte Sonderschullehrerin werden und hatte sich speziell mit dem Down-Syndrom beschäftigt. Sie beschrieb die Auswirkungen sehr präzise, sie arbeitete ja in einer Kita des Förderbereiches. Unter anderem schilderte sie unter anderem, dass Kinder mit Down-Syndrom erhöht anfällig für Krankheiten aller Art seien. Dann kam die Frage, ob dies einen Einfluss auf die Lebenserwartung hätte. Sie konnte diese Frage nicht beantworten, weil man in Deutschland keine verlässlichen Zahlen hat, wie alt Menschen mit Down-Syndrom werden können. Das war in den achtziger Jahren des vergangenen Jahrhunderts. Und ein Hauch vom Grauen der vergangenen Geschichte wehte durch die Prüfung. Da ist eine Fernsehserie wie „unser Walter" schon ein Fortschritt, was Menschlichkeit anging. Nicht ganz so extrem war da die Sache mit Nachbars Enkel. Der war zwar auch „unser Manni", aber er war nicht geistig behindert, auch wenn man das hätte denken können. Er sprach nämlich nicht. Aber wohl nur, weil er keine Lust hatte. Als nämlich seine Mutter in die

Klinik kam, weil das zweite Kind kommen wollte, da sagte der Dreijährige: „Mama Baby jetzt". Manfreds Mutter kämpfte übrigens sehr energisch darum, dass ihr Sohn nicht in eine Sonderschule kam, sondern zunächst in eine private Grundschule. Und er lernte Segeln, war dabei sogar sehr erfolgreich. Und beim Segeln braucht man nicht viel zu reden. „Unser Manni" war übrigens später ein recht guter Schüler, der sogar das Abitur bestand, mit achtzehn seinen Führerschein hatte, worüber der Opa sehr froh war, weil der keine weiten Strecken mehr fahren wollte, und er hat sehr zielstrebig Maschinenbau studiert. Und da war er plötzlich „der Manfred" und nicht mehr „unser Manni". Aber auch andere Menschen können unter dem Unser –Syndrom leiden. Ich hatte in der fünften Klasse eine Mitschülerin, Angela, die gelinde gesagt, nicht gerade dünn war. Das war übrigens krankheitsbedingt. Sie war sehr intelligent und wortgewandt, aber die Sportstunden waren für sie natürlich eine Qual. Wir beide hielten auch zusammen, weil ich im Sport auch eine volle Niete war, und unglücklicherweise waren die meisten anderen Mädchen Spitzensportlerinnen, eine hat es sogar bis zu den Olympischen Spielen geschafft und viele waren die Stütze ihrer Sportvereine. Jedenfalls fielen wir beide negativ auf, und unsere Sportlehrerin, die offensichtlich noch aus den glorreichen Zeiten des Bundes deutscher Mädel übrig geblieben war, liebe schneidige und kühne Turnerinnen, die nur so über die Sportgeräte hechteten. Wir beide hingen wie die Mehlsäcke an den Geräten und versuchten uns zu drücken, wo es nur ging. Wenn es um die Wahl für Völkerball oder andere Mannschaftsspiel ging, wurde Angela als letzte gewählt. Und war bei der besagten Sportlehrerin „Unser Dickchen". Ich fand das gemein, beneidete sie dann aber auch, weil „unser Dickchen" bei bestimmten Sachen nicht mitzumachen brauchte. Besonders gemein war es, als die Lehrerin mit uns auf einen Wandertag ging, sie hatte Vorstellungen, dass wir offensichtlich direkt bis nach Sibirien durchlaufen sollten, aber sie spendierte auch jedem ein Eis., nur für unser Dickchen nicht, „unser Dickchen hat schon genug auf den Rippen!" Allerdings waren wir noch Kind genug, um ein ausgeprägtes Gerechtigkeitsgefühl zu zeigen. Wir Mädchen verzichteten alle auf unser Eis. Und die Dame Sportlehrerin bekam ganz schön Ärger und war am Ende des Schuljahrs nach langer Krankheit plötzlich nicht mehr da. Es gibt also noch Gerechtigkeit. Ein extremes Beispiel für „unser" war auch der Sohn unserer Nachbarn. Meine Eltern, waren wie in die besagte

Neubausiedlung am Stadtrand gezogen, und dort lebten einerseits nur junge Familien oder Rentnerehepaare, es gab kaum Jugendliche. Nur unsere Nachbarn gegenüber hatten einen Sohn, der war etwa sechs Jahre älter als ich, er war genauso wie ein Nachkömmling aus der zweiten Ehe seines Vaters, der ein Kollege meines Vaters war. Beide Eltern hofften, dass aus uns ein Paar werden würde, aber die einzige Gemeinsamkeit die wir hatten, war die, dass wir uns nicht ausstehen konnten. Ein Siebzehnjähriger kann mit einer Elfjährigen nicht viel anfangen, und ich hielt ihn einfach für einen Schnösel. Seine Mutter verwöhnte ihn maßlos. Dass er Bertram hieß, dafür konnte er nun zwar nun nichts, aber er wurde bei seiner Mutter „Unser Berti". Voller Stolz verkündete sie: „Unser Berti isst vom Huhn nur die Bruststücke!" Ein Kusine meiner Mutter, die zufällig zu Besuch war, merkte an, dass diese ja auch das beste Stück vom Huhn seien, Bertis Mutter guckte daraufhin etwa so wie ein Frosch auf einer heißen Herdplatte. Und seitdem hießen bei uns in der Familie besonders ausgewählte Leckereien „Bertistückchen". Berti besuchte eine besondere Schule, nicht weil er pädagogischen Förderbedarf hatte, sondern weil seine Eltern in der DDR gelebt hatten und es gab in Westberlin eine Schule, die Schüler mit der Fremdsprache Russisch aufnahm. Berti machte also das Abitur, und seine Mutter berichtet, die Lehrer hätten bei der Abiturfeier gesagt, welch ein Verlust es für die Schule sei, dass Berti sie nun verlassen würde. Berti wollte dann bei der Bundeswehr Karriere machen. Die dauerte allerdings nur drei Monate. Erstens gefiel ihm der „rüde Ton" nicht, in den sechziger Jahren wurde bei der Bundeswehr noch mächtig gedrillt und geschliffen, ausschlaggebend war dann aber, dass es nicht erlaubt war, einen

Weihnachtsbaum auf der Stube zu haben. Da hatte Berti dann endgültig die Schnauze voll. Er fing an, Wirtschaftswissenshaften zu studieren. Denn verlobte er sich. Meine Eltern waren enttäuscht, ich war erleichtert. Fräulein Silke war ein Typ wie Fürstin Gracia Patricia, ganz die kühle Blonde, ihr Vater war irgendein hohes Tier in einem Kaufhauskonzern. Dann passierte Folgendes: Silke hatte sich mit ihren Eltern gezankt und hatte ihr Elternhaus im Zorn verlassen, und war zu Bertis Eltern geflüchtet. Aber da sie mit ihrem Verlobten natürlich nicht unter einem Dach übernachten durfte, sollte sie bei uns untergebracht werden, aber obwohl meine Mutter sonst eine sehr gastfreundliche Person war und Hinz und Kunz bei und logiert hat, sagte sie diesmal nein. Wenige Wochen später hieß es dann, Berti und Silke „müssen" heiraten. Es gelang Bertis Eltern, ihren Sohn in einer Verwaltungslaufbahn unterzubringen, wo er so viel Geld verdiente, dass er eine Familie ernähren konnte. Aber mit dem Studium war es vorbei. Und Bertis Mutter erzählte beim Kaufmann ganz laut: „Unser Berti hat gesagt: Papa, wie das passiert sein soll, weiß ich nicht!" Jedenfalls erblickte dann pünktlich eine kleine Heike das Licht der Welt, die im Lauf der Zeit ihrer Mama immer ähnlicher wurde, zwei Jahre später eine kleine Anne, die ganz der Papa war, sehr zum Vorteil von Heike. Aber wenige Jahre später war die Ehe vorbei, es stellt sich heraus, dass die kleine Heike ein so genanntes Kuckuckskind war. Also hatte unser Berti doch recht gehabt, wenn er sagte, er wusste nicht, wie das passiert sein soll. Und Bertis Eltern müssen sich überlegt habe, ob ich nicht vielleicht doch die bessere Kandidatin für Berti gewesen wäre, aber zu dem Zeitpunkt war ich schon längst anderweitig verheiratet.

## Von seltsamen Zeitgenossen

Auch ohne Situationen, bei denen vor unmöglichen Tatsachen die Augen verschlossen werden, und die deswegen manchmal seltsam wirken, stößt man zuweilen auf eigenartige Zeitgenossen. Die Siedlung, in die meine Eltern aus der Wohnung wegen des Baus der autogerechten Stadt abgerissen wurde, war ein wunderbares Beispiel dafür. Die Bewohner waren überwiegend ältere pensionierte Pfarrer und Mitarbeiter der Kirche, und da gab es nun die sonderbarsten Vögel. Als Bodenpersonal des lieben Gottes bildeten sie sich ein, etwas Besonderes zu sein, und das führte zu den erstaunlichsten Verhaltensweisen im Umgang mit dem Mitmenschen. Aber auch sonst zog die Siedlung komische Käuze magisch an. „Also, normal ist das nicht!" Dabei merkten sie nicht einmal, wie seltsam sie sich benahmen. So wohnten in unserem Aufgang neun unverheiratete ältere Damen, die alle ihre individuellen Macken hatten. Da konnte man schon seine Studien treiben. Aber auch sonst gab es früher Existenzen, die es heute so nicht mehr gibt. Im Bereich der fliegenden Händler, weil die Neubausiedlung mit Geschäften eher unterversorgt war. Hier werden nun die prächtigsten „Unikümmer" vorgestellt, die heute wohl nicht mehr vorstellbar sind. Ein Teil ist ja bereits bei den unmöglichen Tatsachen aufgetreten, aber auch ohne den dort erwähnten Realitätsverlust gibt es reichlich Stoff zum Erzählen.

## Adel verpflichtet

Die Leute, die sich für besonders vornehm halten, sind es in der Regel nicht. Meine Schwiegermutter hielt sich wie gesagt für sehr vornehm. Da zeigte sich daran, wie schon erwähnt, dass ihr Schmuck gar nicht klotzig genug sein konnte und auch die Persianerjacke oder die seidenen Teppiche hielt sie für vornehm und verachtete ihre „prömmetiehfe" Nachbarin. Dass bei ihr auch manchmal mir und mich durcheinanderrutschte, das fiel ihr nicht weiter auf, und sie bestand auch darauf, dass sie von den Großfürsten von Rajuhn abstammte. Nun finden sich normalerweise Großfürsten heutzutage nur noch in der Regenbogenpresse und auch nur dann, wen sie irgendeinen Skandal verursachen, genauer gesagt, es gibt heute eigentlich gar keine mehr, weil dieser Titel nur den direkten Nachkommen regierender Zaren zukommt. Als sie nun mal wieder damit anfing, dass die eigentlich eine Großfürstin Rajuhn sei, hielt ich ihr das unter die Nase. Auch nicht sehr taktvoll. Wir waren beide damit wohl etwas neben der Spur, es war auch zugegebenermaßen nach dem ichweißnichtmehr wievielten Glas Pfirsichbowle. Ihre Reaktion war nun auch entsprechend. „Du und deine Familie, ihr habt uff de Kuhbläke im Osten gehaust, und hattet nicht mal fließend Wasser, da kannst du so was gar nicht wissen". Nun ja, dass meine Eltern nach dem Krieg lange in einem kleine Dorf in der DDR gelebt hatten, das hatte was mit den Wirren nach dem Krieg zu tun, auf dem Dorf waren die Verhältnisse nun mal anders. Und was den „Osten" angeht, wenn man das geografisch nimmt, dann – na ja, je weiter man nach Osteuropa kommt, desto genauer müsste man wissen, was ein Großfürst ist - . Außerdem hatte ich ein abgeschlossenes Studium der Geschichte hinter mir, und da bekommt man sehr genau mit, was der Titel Großfürst bedeutet. Aber das ließ sie nicht gelten, weil meine Familie mütterlicherseits aus dem Baltikum kam, war das für sie die „Polackei", die fing bei ihr an der Oder an und reichte bis zum Ural. Übrigens haben wir viel später ihren Nachlass sortiert, und da fanden wir tatsächlich unter den ganzen Personenstandsurkunden einen Otto Rajuhn als Urgroßvater oder so, aber der kam aus einen Kaff in Masuren und war ein Bürstenbinder.

Aber sie ist ja nicht die einzige, die sich für vornehm hielt, ohne es wirklich zu sein. Das erste Beispiel aus der Reihe der seltsamen Zeitgenossen wohnte noch über uns in der großen Altbauwohnung, in der wir lebten, als ich ein Kind war. Und die war so eine entsetzliche Person, dass sie mir in Erinnerung geblieben ist, obwohl ich das meiste aus dieser Zeit sehr gründlich vergessen habe. Sie hieß sogar „von", genauer gesagt von Itzenplitz, aber wie sie zu dem Namen gekommen ist, das war eine eigene Geschichte.

Da war Plötzin, eine Kleinstadt in Hinterpommern, heute hat sie vermutlich einen polnischen Namen. Und da lebte der brave Schneidermeister Otto Mischke, der hatte das führende Geschäft am Platz. Leider war sein einziger Sohn, der das Geschäft einmal übernehmen sollte, im ersten Weltkrieg gefallen, aber da war ja noch die Tochter Gretchen. Und Gretchen strebte nun nach etwas Höherem. Und sie verliebte sich in den Oberleutnant Wilhelm Archibald von Itzenplitz. Das war nun vor dem besagten ersten Weltkrieg natürlich völlig unmöglich, aber durch die Ereignisse des Krieges geriet die ganze

Welt durcheinander. Herr von Itzenplitz musste nach dem Krieg ins Zivilleben zurücktreten, und weil er außer dem „Von" keinerlei Qualifikation hatte, als zweiter Sohn eines zweiten Sohnes auch keine Ansprüche auf irgendwelche Ländereien; diejenigen, die die Familie mal gehabt hatte, waren an den neu gegründeten Staat Polen gefallen, da war die Heirat mit der Tochter des Schneiders hochwillkommen. Ein gutes Arrangement für beide Teile. Herr von Itzenplitz konnte seiner Leidenschaft nach der neuesten Herrenmode frönen, wo es doch mit den schmucken Uniformen jetzt aus war, hatte ein Dach über dem Kopf, und aus dem Gretchen Mischke wurde Marguerite von Itzenplitz. Das „U" nach den g in ihrem Namen darauf legte sie besonderen Wert. Und sie war vornehmer als vornehm. Im Übrigen bescherte der neue Schwiegersohn dem Schneidermeister auch eine Menge neuer Kunden, nämlich alle Junker und Gutsbesitzer aus der Umgebung. Leider hatte mit dem zweiten Weltkrieg diese Herrlichkeit ein Ende, es war zwar noch gelungen, die beiden Töchter aus dieser Ehe angemessen zu verheiraten, aber man hatte in den ersten Januartagen die Stadt Plötzin Hals über Kopf verlassen müssen und war letztendlich in Berlin gelandet. Und hatte dort in dem gutbürgerlichen Wohnbezirk eine geräumige Altbauwohnung bezogen, und um die Miete bezahlen zu können, wurden mehrere Zimmer untervermietet. Irgendwann segnete der Herr von Itzenplitz das Zeitliche und prangte nur noch als Riesenölgemälde über dem Sofa. Das zeigte einen inzwischen durchaus beleibten älteren Mann mit einer dicken roten Nase und einem Rauschebart. Ich habe ihn nicht mehr kennengelernt, nur noch den alten Herrn Mischke, der war völlig schwerhörig, sprach nach einem

Schlaganfall völlig unverständlich und sabberte. Und weil er so schwerhörig war, sprach er auch sehr laut. Ich hatte Angst vor ihm und ekelte mich auch. Und da es ihm mit 95 Jahren oft nicht gut ging, stand Frau von Itzenplitz ständig bei uns auf der Matte, weil wir ein Telefon hatten und sie nicht, und sie rief irgendeinen Pflegedienst an, weil sie mit den Gebrechen des alten Herren alleine nicht mehr klarkam, und das war für mich ein Horror. Übrigens nannte der seine Tochter immer nur Gretchen, sehr zu ihrem Ärger.

Frau von Itzenplitz jedenfalls war wie gesagt sehr vornehm. Dazu gehörte auch, dass sie ständig in einem nach Mottenpulver riechenden Negligé herumlief und ständig erklärte, sie sei immer müde. Sie hielt wohl eine schwankende Gesundheit für ein Zeichen der Vornehmheit.

Zu der gehörte auch Wohltätigkeit. Sie wollte nämlich immer irgendwelchen armen Kindern eine Freude machen. Und da es dank dem ganz gut funktionierenden Sozialsystem keine armen Kinder in der näheren Umgebung gab, musste ich herhalten. Das Problem war, sie hatte es auf mich abgesehen. Sie nahm mich ständig irgendwohin mit – auch wenn ich das gar nicht wollte, aber meine Mutter bestand darauf, und ich musste ich fügen. Irgendwie hatte ich das Gefühl, dass ihre überströmende Freundlichkeit mir gegenüber irgendwie falsch war. Kinder spüren so etwas ja manchmal ganz gut. Aber das half nicht, aus der Nummer kam ich nicht raus, Kinder haben schließlich Erwachsenen zu gehorchen, ich musste das alles über mich ergehen lassen und kam mir vor wie ein begossener Pudel. Apropos Hund: Sie erklärte mir mal etwas, was ich gar nicht bemerkt hatte, nämlich dass ein Hund, der uns auf einem

Spaziergang begegnete, ein kleines Ledertäschchen am Halsband hatte. Und darin seien Telefongroschen, falls der Hund verloren gehen würde. Ach, wie viel Freude könnte man mit diesem Geld doch einem armen Kind machen! Nun die Freude für zwanzig Pfennig war sehr begrenzt, das wusste ich auch, ein Eis oder eine Tüte Bonbons, aber mir gab sie nie Geld, das hätte ich auch nie annehmen dürfen, aber sie schenkte mir laufend irgendetwas. Leider nur irgendwelchen Trödel, meistens auch kaputt, aber ich musste mich trotzdem jedes Mal überschwänglich bedanken. Außerdem versuchte sie mich zu erziehen. Bei und zu Hause wurde ein sehr korrektes Hochdeutsch gesprochen, Berlinern war verpönt, aber das genügte ihr nicht. Wenn ich etwa das Wort Zimmer" aussprach, so wie es bei und üblich war, korrigierte sie mich. Nicht „Zimmerrr" das heißt: „Zimmä". Sag mal: „Zimmä"! Ich kam mir total affig vor, aber ich machte den Blödsinn mit, weil man als Kind ja gehorchen musste. Erst als meine Mutter das hörte – „wie sprichst du denn?" –da muss sie wohl ein Machtwort gesprochen haben, der Sprachunterricht fiel jedenfalls schlagartig weg. Ich habe übrigens erst viel später mitgekriegt, dass diese Sprechweise die der Kaschuben in Westpreußen war, als ich die Blechtrommel von Günter Grass gelesen habe. Na ja, der Ort Plötzin lag ja auch ungefähr in dieser Gegend.

Meine Mutter, die vor ihrer Heirat nun wirklich ein „Von" in Ihrem Namen gehabt hatte, wurde von Frau von Itzenplitz jedenfalls als standesgemäßer Umgang angesehen, und mein Vater als Akademiker ebenso. Dass meine Mutter sich über sie lustig machte, hat sie nie mitgekriegt. Nur einmal, da lud sie meine Mutter zum Kaffeekränzchen mit ihren Freundinnen ein, die hießen alle irgendwie von, von Sawitzki, von

Strelecki, von Dybowski oder so ähnlich-
Und meine Mutter erzählte, wie die
Unterhaltung dahinfloss. Die
Dienstmädchen sind heutzutage so
unzuverlässig, ständig geht das gute
Geschirr kaputt, man muss ja ein
Vermögen in seinen Haushalt stecken.
Nun, Dienstmädchen kannte ich nur aus
irgendwelchen Romanen, aber nicht als
real existierende Personen, und wenn
ich etwas rumliegen ließ, hieß es, du
hast keinen Diener hinter dir! Das
bedeutete, räum deine Sachen gefälligst
selber auf! Und meine Mutter kochte
auch selbst und wusch selbst ab. Nichts
mit Personal. Das Geschwätz muss ihr
dann doch zu viel geworden sein, sie
trug jedenfalls zum Gespräch bei, auch
sie hätte neulich auch mal Bestand an
Geschirr aufgestockt und ergänzt. Bei
Bilka hätte es Essteller für eine Mark
Stück gegeben, da hatte sie sich
eingedeckt. Die vornehmen Damen
waren äußerst peinlich berührt, und

meine Mutter wurde nie wieder eingeladen, aber wir hatten jetzt wenigstens Ruhe vor dem pseudovornehmen Getue. Als der alte Herr dann mit fast hundert Jahren starb, zog sie zu einer ihrer Töchter nach Düsseldorf, aber da auch wir zu dieser Zeit umzogen, hatte ich nicht mehr viel davon, dass ich sie endlich los war.

Im Übrigen hat meine Mutter wirklich vornehme Leute gekannt. Sie hatte zahlreiche Kusinen, die ausnahmslos auch ein „Von" im Namen hatten, aber das wusste ich nicht, darauf wurde kein Wert gelegt. Die meisten von ihnen waren unverheiratet, das war aber nicht auf irgendwelche Gesetze über standesgemäße Heiraten zurückzuführen, sondern eine Folge des letzten Krieges und so mussten sie sich ihre Brötchen selbst verdienen. Viele von ihnen waren Krankenschwestern, ein damals sehr häufiger Frauenberuf, und auch noch dem Krieg geschuldet. Die eine Tante zum Beispiel war Gemeindeschwester in einem kleinen Dorf in Schleswig Holstein, und die musste mit ihrem Fahrrad bei Wind und Wetter raus, um ihre Pfleglinge zu betreuen. Eine andere hatte jahrelang ihrem verwitweten Bruder den Haushalt geführt und dessen drei Söhne großgezogen, als der plötzlich mit Mitte Fünfzig einen Rappel kriegte, wieder heiratete und seine Schwester an die Luft setzte. Nun, als gelernte Krankenschwester hatte sie sofort eine Arbeit mit Wohnmöglichkeit in einer hübschen kleinen Wohnung in einem Schwesternwohnheim und stand sich nichts aus, Krankenschwestern wurden und werden ja überall dringend gesucht und mit Kusshand genommen.

Am interessantesten war aber Tante Isi. Sie hieß eigentlich Isabella, aber dieser

Name war für eine zierliche ältere Dame mit Sicherheit zu wuchtig. Die wohnte in Wien und war bei einem bekannten Wiener Nobelkaufhaus angestellt. Das kam so: Als Angehörige einer alten baltischen Familie war es Tradition, dass man mehrsprachig aufwuchs. Neben Deutsch und der jeweiligen Landessprache sprach man fließend Russisch und selbstverständlich noch Englisch und Französisch. Und Italienisch oder spanisch konnten auch viele. Tante Isi sprach also sieben Sprachen. Nun war das Wien der fünfziger Jahre ein heißes Pflaster, das weiß jeder, der den Film „Der Dritte Mann" gesehen hat. Wien war also sehr international, in alle Richtungen, und eine Knotenpunkt von Ost und West. Und da hieß es legal - illegal — scheißegal. Und diese zwielichtigen Leute hatten alle viel Geld, das sie gerne zum Shoppen in dem bekannten Nobelkaufhaus ließen. Und die waren natürlich dankbar, dass sie beim Einkauf in ihrer jeweiligen Muttersprache bedient wurden. Und nicht nur bedient wurden, sondern dazu noch in einer angenehmen Atmosphäre von einer wirklichen Dame betreut wurden. Tante Isi verdiente jedenfalls ein gutes Geld und konnte sich in dem teuren Pflaster Wien eine schöne Wohnung leisten. Und sie erzählte so interessant von Wien, vom Prater mit seinen Rummelplatzattraktionen wie Riesenrad oder dem Watschenmann, oder vom Eis und der Sachertorte. Ich hörte das alles sehr gerne, obwohl ich genau wusste, dass Wien zu den Dingen gehörte, die wir uns nicht leisten konnten. Und Tante Isi erzählte meiner Mutter einmal, wie sie zwei junge Soldaten der Roten Armee beobachtete, die zusammen am Stephansdom vorbeiliefen. Und sie sagte nun meiner Mutter auf Russisch, was der eine Soldat zum anderen sagte. Meine Mutter kriegte sich vor Lachen nicht ein. Als

Tante Isi meinen leeren Blick bemerkte, übersetzte sie, was er gesagt hatte: „Ob das liebe Gottchen mir jetzt böse wäre, wenn rauskommt, dass ich nicht an ihn glaube?" Tante Isi sagte, dass sie so lachen musste, dass die beiden Jungs sich erschrocken umdrehten. Und als die beiden Vaterlandsverteidiger mitbekommen hatten, dass die kleine Dame im roten Mantel alles verstanden hatte, worüber sie sich unterhalten hatten, verschwanden sie fluchtartig in der Menge der Touristen.

Allen diesen Damen gemeinsam war, dass sie nicht groß etwas hermachten mit Kleidung oder Schmuck. Und was das Vornehm sein angeht, da brachte es die besagte Tante Isi mal auf den Punkt. Meine Mutter hatte mir einmal erzählt, dass Tante Isi sogar in der Lage wäre, einen russischen Zaren korrekt anzusprechen und wenn er als Kunde zu ihr käme, angemessen zu bedienen. Das machte mächtigen Eindruck auf mich.

Aus den Märchenfilmen für Kinder im Kino wusste ich, dass man sich bei der Anrede von Königen einer besonderen Sprache befleißigt, die man normalerweise so nie benutzen würde. Ich fragte sie also beim nächsten Besuch: „Tante Isi, ist es wahr, dass du den Zaren bedienen kannst?" Sie antwortete: „Kindchen, das ist eine ganz nutzlose Kunst. Es gibt keine Zaren mehr, und so was braucht man heute nicht mehr. Lern lieber etwas Vernünftiges. Sieh mal, ich kann mir ein gutes Leben leisten, weil meine Eltern darauf bestanden habe, dass ich etwas lerne und das ist wichtiger als zu wissen, wen man mit wohlgeboren oder hochwohlgeboren anredet." Na ja, da hatte sie wohl recht. Tante Isi hätte übrigens genau gewusst, was ein Großfürst war, und da zu dieser Zeit noch einige von denen am Leben war, hätte sie sie wohl angemessen ansprechen können. Aber schade war doch, dass es so etwas nicht mehr gab.

## Die Unsichtbaren

Es scheint eine Eigenheit der Siedlung gewesen zu sein, dass da viele Leute mit heruntergelassenen Jalousien lebten. Eine alte Dame, die Mutter eines pensionierten Pfarrers, sie war so an die neunzig, lebte in der ersten Einraumwohnung im Parterre. Und sie hatte den ganzen Tag Verdunklung. Auf der Straße sah man sie kaum, und wenn sie ins Haus wollte, dann wartete sie in sicherer Entfernung, bis ja kein Mensch zu sehen war, ehe sie sich ins Haus traute. Sie lebte dort auch nicht lange, ihre Nachfolgerin war das erwähnte „Knörpelchen". Aber wenn ich geglaubt hatte, die alte Dame wäre schon sehr seltsam, da wurde ich schnell eines Besseren belehrt. Da war zum Beispiel Frau Meinert. Ich wusste zwar, dass sie in dem Haus wohnte, weil der Name auf dem Klingelschild stand, aber gesehen habe ich sie nie. Ich war gerade mal 11 Jahre alt, als meine Eltern in die Siedlung zogen, aber als ich sie das erste Mal leibhaftig sah, war ich 15. Bis dahin hatte ich außer den heruntergelassenen Jalousien, die im Höchstfall halb hochgezogen wurden, also ihre Stellung veränderten, auch sonst nur Spuren ihres Wirkens gesehen, etwa die nassen Treppenstufen, die verhindern sollten, dass die kleinen Mädchen dort hockten und mit ihren Puppen spielten. Wie gesagt, als ich 15 war, sah ich sie das erste Mal. Und obwohl man mit 15 Jahren dem Märchenbuchalter eigentlich entwachsen ist, dachte ich sofort an die an die Hexe aus Hänsel und Gretel oder die böse 13. Fee aus Dornröschen. Sie war eine große Frau, die leicht nach vorne übergebeugt ging, nein huschte, und alles an ihr war grau, von den Haaren bis zum Mantel und den Schuhen. Wie in unser verklatschten

Siedlung bekannt war, hatte sie ein hartes Schicksal, sie musste sich nämlich ohne Familie ganz alleine durchschlagen, und sie hatte eine Stelle als Putzfrau an der Universität. Und da traf es sich gut, dass der erste Bus um 4.23 fuhr, da war sie dann pünktlich um 5 bei der Arbeit, die ging bis neun, und dann kam sie nach Hause und schlief am Tage. Das erklärte, warum man sie nie sah, ich fuhr erst gegen 7 Uhr zur Schule, um neun war ich in der Schule, und ab Mittag war sie nicht mehr zu sehen. Richtig eigenartig wurde es, als wir in den Aufgang zogen, wo sie hauste, sie war sogar unsere direkte Nachbarin. Und da wurden wir eines Nachts wach. es muss so etwa um 3 Uhr gewesen sein, da hörten wir Wasser laufen und rumoren, dann Türen klappen, und plätschern und fegende Geräusche. Ich stand auf und linste durch den Türspion, und sah, wie Frau Meinert das ganze Treppenhaus putzte.

Vor ihrer Arbeit. Und sie war sehr ungehalten, wenn die Mühe ihrer Arbeit durch die Banausen zunichte gemacht wurde, weil die das Treppenhaus wieder dreckig machten. Deswegen hasste sie besonders die Kinder, die sich bei so was ja nichts weiter denken. Daher auch die Sache mit den nassen Treppenstufen. Sie schimpfte auch hinter ihren Jalousien sobald sich ein Kind ihre Wohnung näherte. Die Kinder in der Nachbarschaft hatten das auch bald spitzgekriegt und machten einen Bogen um sie. Aber dann zogen neue Mieter ein, die hatten einen kleinen Jungen von zwei Jahren, ein ausgesprochen liebes und intelligentes Kind, das meistens sehr ruhig war und sich stundenlang mit irgendwelchen Spielen beschäftigen konnte, aber manchmal ritt den kleinen Philipp der Teufel, und so rannte er einmal mit lautem Indianergeheul vor Frau Meinerts Fenster herum. Da ich den

Kleinen mochte und ihn nicht der bösen Hexe in den Rachen fallen lassen wollte – die hätte wirklich wie in Hänsel und Gretel kleine Kinder gefressen, der war das zuzutrauen, also schnappte ich mir den kleinen Philipp und erklärte ihm, er dürfe nicht so einen Krach machen, sonst würde Tante Meinert schimpfen. Er hörte sich das auch ruhig an und erklärt dann bei der nächsten Gelegenheit: „Der Philipp darf gaanich laut sein, sonst ssimmft die Tante Gemeinert!" Und damit hatte sie ihren Spitznamen weg, sie wohnte übrigens noch sehr lange in der Siedlung.

Ihre Nachfolgerin war auch wenig zu sehen, aber umso mehr zuhören. Die war der Typ „graue Spitzmaus" und flatterte ständig unruhig herum. Aber sie war fast nie zu Hause. Wir bekamen ihr Wirken nur dadurch mit, dass sie jeden Freitagmittag ein Vollbad nahm. Das Haus war sehr hellhörig, und wenn sie das Wasser in die Badewanne ließ, dass schauten wir immer, ob unser Wohnzimmer überflutet wurde und wir wussten, es ist zwölf Uhr. Was es damit auf sich hatte, hat sie uns mal selbst erzählt. Sie war die Witwe eines Pfarrers, natürlich, sonst hätte sie die Wohnung wohl nicht gekriegt, und sie hatte einen Sohn, der lebte in Ostberlin. Und wie sie uns erzählt hatte, war der Sohn am 13. August im Westberlin gewesen, und sie hatte darauf bestanden, dass er zurück nach Hause kam. Es musste alles seine Ordnung haben. Und nun war sie Rentnerin, konnte deswegen ausreisen, aber hatte sich einen Zweitwohnsitz bei ihrer Tochter in Braunschweig beschafft, somit einen westdeutschen Reisepass und konnte ihren Sohn unbegrenzt besuchen, was sie dann auch tat, sie war also praktisch nie zu Hause. Allerdings hat es auch mit ihr ein schlimmes Ende genommen, denn –wir waren da schon längst weggezogen –soll man sie verhungert in ihrer Wohnung gefunden haben, weil sie alles ihrem Sohn gegeben hatte und für sich nichts zurückbehielt. Der Sohn, der zur Beisetzung eine Reisegenehmigung bekommen hatte, der deutete an, dass er mit den Aktivitäten seiner Mutter eigentlich gar nicht einverstanden gewesen war, sie war für seinen Geschmack viel zu oft zu Besuch gekommen. Außerdem hatte es ihn gestört, dass sie kiloweise Mehl, Zucker und Butter aus Westberlin rübergeschleppt hatte, weil sie glaubte, ihr Sohn würde verhungern. Und an den genannten Produkten war in der DDR nun wirklich kein Mangel, außerdem hatte der Sohn eine gute Stelle und hätte die Gaben seiner Mutter eigentlich gar nicht gebraucht. Aber sie war immer noch im Jahr 1961 stecken geblieben.

## Der Doktordoktor

Der Mieter aus dem dritten Stock war umso sichtbarer. Er war, was wohl, Pfarrer gewesen und lief immer noch in schwarzer Gewandung herum. Auf dem Kopf eine schwarze Baskenmütze, und einen langen schwarzen Mantel. Und da er sich ständig nur im Laufschritt bewegte, flatterte dieser Mantel hinter ihm her wir der Zauberumhang eines Hexers aus Hogwarts, von dessen Existenz man damals aber noch keine Ahnung hatte. Er hatte die Dreizimmerwohnung nur bekommen, weil sein studierender Sohn mit eingezogen war, der suchte aber nach einem halben Jahr das Weite, und nur sein Name stand noch auf dem Klingelbrett. Aber dieser war nicht nur bemerkenswert, weil dort noch der Name Gernot Schmidt mit dem Zusatz cand.theol. stand, was so viel bedeutet, dass der Sohn sein Theologiestudium fast abgeschlossen hatte, nein, auf den Klingelbrett fanden sich auch noch die, ja die Doktortitel seines Vaters, der hatte sowohl im Fach Theologie als auch im Fach Philosophie einen Doktortitel erworben. Und deswegen hieß er auch natürlich der Doktordoktor. Abgesehen davon, dass der Doktordoktor immer aussah, als ob er gerade auf eine saure Zitrone gebissen hatte, fiel er auch och durch eine andere Eigenschaft auf, er kam nämlich aus einem Ort in der Nähe von Dresden oder Leipzig. Und diesen Dialekt hört man zu Westberliner Zeiten nur von den Organen an der Staatsgrenze der DDR, wenn man die selbständige politische Einheit verlassen wollt und das war nicht immer freundlich. Genauso wie der Doktordoktor.

Wir sind eigentlich selten direkt mit ihm konfrontiert worden. Das erste Mal bekamen wir sein Wirken mit, wir waren gerade frisch in unsere neue Wohnung eingezogen, das war im November gewesen und nun feierten wir unser erstes Weihnachtsfest in der neuen Wohnung. Der Baum erstrahlte im Kerzenlicht, im Backofen schmorte die obligatorische Weihnachtsgans, und im Radio lief die Weihnachtsmusik von „Stille Nacht" bis „Kommet ihr Hirten". Wir waren wie gesagt neu in der Wohnung, und wussten nicht, wie hellhörig sie war, als es jedenfalls kräftig an die Heizung klopfte. Mein Mann sagte mir: „Du, ich glaube, wir müssen das Radio leiser machen!", was ich dann auch tat. Es klopfte wieder. Ich drehte das Radio noch leiser und stellte es schließlich sogar ganz aus. Es klopfte wieder. Mein Mann: „Mach das Radio leiser!" Ich: „Ich habe es ausgemacht!" Aber es war nicht zu überhören, dass die Weihnachtslieder weiterhin recht laut zu hören waren. Also wir waren es jedenfalls nicht, die da den Lärm verursachten.

Am nächsten Morgen, als ich die Reste unseres Weihnachtsmahls zum Müll brachte, traf ich die Frau aus dem ersten Stock, unsere direkten Übermieter. Ich sprach sie an und erklärte, dass wir wohl keine Ahnung hatten, wie laut unser Radio zu hören gewesen war. Aber die lachte nur und sagte: „Sie haben wir gar nicht gemeint, das war der aus dem zweiten Stock, der ist schwerhörig, da muss man eben manchmal klopfen". Aha.

Nun sind Schwerhörige sich oft nicht bewusst, was Lautstärke ist und ihrerseits sehr laut. Das bekam ich mit, als ich mich eines Tages in unserem Arbeitszimmer in unseren bequemen Backensessel setzte, weil ich in Ruhe einen längeren Text lesen wollte. Und da ging es los, die Heizung, neben der der Sessel stand, funktionierte wie eine

Telefonleitung. Als ob die beiden im Zimmer standen, der Doktordoktor und seine Frau. Aber da bekam ich eine tolle Lektion in Sächsisch für Anfänger. Es ging los: „Du Doofe!", das verstand ich noch, und die Antwort: „du dussliges Luder", das ging auch noch, aber dann folgten kaskadenweise Ausdrücke, bei denen ich nicht das Geringste verstand, nur soviel, dass da nichts, aber auch gar nichts freundlich gemeint war. Ich wunderte mich nur, woher ein Pfarrer und seine Ehefrau solche Ausdrücke hatten. Ich setzte mich jedenfalls woanders hin, um das nicht mehr mit anhören zu müssen.

Was er wirklich für ein Mensch war, das habe ich eines Tages hautnah mitgekriegt. Der Briefträger fragte mich, ob ich ein Paket für die Leute im zweiten Stock annehmen würde. Ich tat das, weil ich davon ausging, dass man sich als Nachbar helfen müsste. Und irgendwann am Nachmittag als ich mitgekriegt habe, dass es wieder zu Hause war, ging ich rauf und klingelte. Nichts. Ich klopfte, und klopfte kräftiger, weil bekanntermaßen Schwerhörige das besser hören als eine Klingel, und außerdem stand an der Tür: Bitte klopfen. Schließlich ertönte ein ziemlich unwirsches. „Was issn luus?" Ich sagte, dass ich ein Paket angenommen hätte. Da öffnete er die Tür einen Spalt, und ich nahm nur am Rande wahr, dass er in Unterwäsche herumlief, und zwar in einem Kleidungsstück, das man gemeinhin als alte Männer bezeichnete. Und ich sah noch etwas: Die Wohnung war in dem Zustand, in dem sie gewesen war, als sie 1961 bezogen worden war. Damals hatte man die Wände nur weiß gekalkt und die Anweisung gegeben, in den ersten zwei Jahren nicht zu tapezieren. Inzwischen waren aber fast 18 Jahre vergangen. Übrigens hatten meine Eltern das mit dem Tapezieren auch wörtlich genommen, aber die Wände wenigstens streichen lassen. Wir waren dann die ersten, die eine Tapete klebten ließen. Aber beim Doktordoktor war nichts gemacht worden, und so sah es dann auch nach 18 Jahren aus. Er riss sich dann zusammen und murmelte etwas von sehr freundlich, aber für den habe ich nie wieder ein Paket angenommen.

## Ein böses Ende

Mit dem Knörpelchen nahm es dann allerdings ein böses Ende. Es fing ganz harmlos an. Es klingelte eines Tages bei Frau V., und das Knörpelchen stand vor der Tür.

-„Frau V., ich möchte jetzt bügeln".

- „Ja, bitte, dann machen sie das doch!"

-„Geben sie mir mein Bügeleisen zurück!"

-„????"

Es ging weiter. Frau V. saß eines Morgens gerade in der Badewanne, da klingelte es wieder Sturm.

-„Geben Sie mit sofort meinen Staubsauger zurück!"

„Da steht er ja, in der Ecke!" Frau V. hatte sich mühsam in einen Bademantel gewickelt und versucht zu erklären, dass

das ihr eigener Staubsauger war.
Unglücklicherweise war es das gleiche
Modell wie das vom Knörpelchen, nur
wesentlich besser in Schuss und neuer.
Aber das Knörpelchen blieb dabei, man
hätte ihr den Staubsauger gestohlen.

Aber die Krönung war die Sache mit
Idchen. Ida war die Schwester vom
Knörpelchen und Ida wohnte in Berlin-
Karlshorst. Das war zu Westberliner
Zeiten ein nahezu unüberwindbares
Hindernis, aber das Knörpelchen hatte
einen Dreh herausbekommen, wie sie
ihr Idchen trotzdem besuchen konnte.
Dringende Familienangelegenheiten. Ida
war lebensgefährlich erkrankt und
schickte ein Telegramm mit diesem
Tatbestand, und daraufhin konnte das
Knörpelchen nach Karlshorst fahren, um
ihr Idchen noch einmal zu sehen. Das
ging etwa zehn Jahre so. Idchen hat das
Knörpelchen auch einmal besucht, und
da wäre man nicht auf die Idee
gekommen, dass das Schwestern waren,

Idchen war doppelt so groß wie das Knörpelchen und zwar in alle Richtungen. Idchen kam auch nur ein einziges Mal, dann ging das mit der schweren Erkrankung weiter.

Und nun, eines Tages, wir waren gerade bei Frau V auf einen Schwatz zu Besuch, da klingelte es wieder Sturm.

-„Ich will zu meinem Idchen! Lassen sie sofort mein Idchen frei!"

-"Ihre Schwester ist doch gar nicht hier!"

-„Jetzt lügen sie auch noch! Lassen sie sofort mein Idchen gehen! Sonst hole ich die Polizei!"

Auch dass wir beschworen, es wäre kein Idchen in der Wohnung, glaubte sie uns nur mühsam.

Tage später hörten wir sie durch den Hausflur geistern und Ida, Ida! Rufen, das klang schauerlich wie ein

Schlossgespenst. Und dann wieder einige Tage später wurde sie irgendwo zwei Querstraßen weiter aufgegriffen und wusste nicht mehr wo sie war. Und dann kam sie ins Krankenhaus was sie nicht mehr verlassen hat.

# High noon oder zwölf Uhr mittags.

Die Wohnung vom Knörpelchen blieb nicht lange leer. Es zog ein: Otto Lemke. Der hatte in der DDR im Gefängnis gesessen und war freigekauft worden. Nun stelle sich heraus, dass er in Berlin Karlshorst eine Kneipe gehabt hatte, und dass er im Gefängnis gesessen hatte, lag nicht daran, dass er ein überzeugter Antikommunist und Regimegegner war, sondern in seiner Kneipe kräftig an illegalen Pferdewetten von der nahe gelegenen Trabrennbahn mitgemischt hatte. Jedenfalls wohnte er nun in der Wohnung vom Knörpelchen. Und er zeigte gleich, wo der Hammer hing. An der Wohnungstüre waren nämlich Holzbrettchen mit der Klingel angebracht, mit zwei Schrauben, die einluden, ein zierlich feines Namensschild anzubringen. Das tat

Otto nun nicht, sondern schmierte mit einem Zimmermannsbleistift seinen Namen auf das Holzbrett. Auf die Unzulässigkeit seines Tuns hingewiesen, dass der Namen auf einem Träger anzubringen sei, klebte er einen Leukoplaststreifen auf das Klingelbrett und schmierte seinen Namen mit dem besagten Zimmermannsbleistift drauf. Daraufhin versah sie Wohnungsbaugesellschaft seine Wohnung mit einem Namensschild und stellte das ihm in Rechnung. Dass er eine Kneipe gehabt hat, sah man auch daran, dass er zu allen möglichen und unmöglichen Tageszeiten hackedicht nach Hause wankte. Und dann hatte er Probleme, das Schlüsselloch an seiner Tür zu dingen, besonders dann wenn es dunkel wurde. Und dann hörte man ihn: „Otto mach uff! Ick weeß dette da bist, mach jefälligst uff!" Aber Otto machte nicht auf, weil er eben draußen stand

152

und in seinem Suff den Schlüssel nicht ins Schloss bekam.

Es verkehrte auch in der örtlichen Kneipe, die ursprünglich als gutbürgerliche Speisegaststätte geplant gewesen war, aber zum Treffpunkt für alle Suffköppe der Gegend geworden war, einfach weil es weit und breit sonst nicht Vergleichbares gab. Und für die Pfarrer, das Bodenpersonal des lieben Gottes, die die Siedlung bevölkerten, war das sowieso ein Sündenpfuhl, und wenn man eine Familienfeier in einem Restaurant ausrichten wollte, da war die Lokalität sowieso zu klein, das ging man dann gleich in den Ratskeller von Zehlendorf, der hatte auch ein angemessenes Niveau.

Jedenfalls passierte folgende Begebenheit in der Mittagsstunde. Frau V. wollte eigentlich mit dem Hund rausgehen, und mein Mann, der an diesem Vormittag mal zu Hause war, wollte nur den Müll rausbringen. Und da kam Otto an, mal wieder sternhagelvoll. Und dass er dann seine Tür nicht aufkriegte, das hatten wir schon mitbekommen. Aber nun ging es noch weiter. Erst mal wieder :"Otto, mach doch uff". Was Otto, wie gesagt, nicht tat. Da fing er an, den Türspion von Frau V. mit Küsschen zu bedecken: „Mäuschen, ick hab dir doch so lieb, Mäuschen, mach doch uff". Mein Mann beobachtete das Geschehen durch den Türspion, hatte aber keine Ahnung, dass Frau V. am anderen Ende des Hausflurs auch durch den Türspion linste. Das Ganz dauerte schon etwa 20 Minuten. Eigenartigerweise kam kein Mensch zu dieser Zeit ins Haus, obwohl sonst reger Verkehr im Hausflur herrschte. Schließlich passierte Folgendes. Otto Lemke hatte offensichtlich seinen Suff dadurch verursacht, dass er Unmengen an Bier getrunken hatte. Das wollte nun wieder raus, aber in seine Wohnung kam er ja nicht, weil er den Schlüssel nicht ins Schloss bekam. Und da stellte er sich an die Treppe, die in den Keller führte, zog blank und ließ laufen, eine gefühlte Ewigkeit lang. Und vielleicht hatte das geholfen, seine Hand ruhiger zu bekommen, jedenfalls war er jetzt in der Lage, seine Tür zu öffnen. Er verschwand und war erst Tage später wieder zu sehen. Mein Mann wollte zu Frau V. rübergehen, nach dem Motto: Da heben sie was versäumt. Aber gleichzeitig öffnete sich auch Frau V.s Tür, und sie: „Haben Sie das gesehen???". Es kam immer noch kein Mensch, und gemeinsam gingen sie eine Runde mit dem Hund. Ich war an diesem Tag leider nicht zu Hause und habe das Ganze versäumt. Otto leugnete übrigens später hartnäckig seine Untat. Aber die Pfütze auf der Kellertreppe war nun mal nicht wegzudiskutieren.

Der Mensch neigt dazu, anzugeben. Das hat man sehr schön gesehen, als in den Jahren des so genannten Wirtschaftswunders die Leute sich gegenseitig mit irgendwelchen Anschaffungen zu übertreffen versuchten. Aber während ein Kühlschrank oder eine Waschmaschine heutzutage nicht mehr als Luxus gelten, gibt es doch auch besonders im Küchenbereich aufwändige technische Gerätschaften, die im Wesentlichen überflüssig sind, viel Geld kosten, aber nie gebraucht werden, weil sie so unpraktisch sind und nur zeigen sollen, was man sich alles leisten kann. Das trifft auch für Autos zu, wenn nämlich einer anfängt, sich das neueste und schickste Modell zu kaufen, dann hat er meistens Nachahmungstäter. Auch bei Möbeln gibt es so was. Während man in den Nachkriegsjahren froh war, überhaupt etwas zu haben, worauf man sitzen oder schlafen konnte, wurde auch das die Konsumierlust angeheizt. Da gab es etwa einen Möbelhandel, schon als Versandhandel mit Katalog, der damit warb, dass die Eltern die Chancen ihrer Töchter auf einen Ehemann schmälern würden, wenn der in einer zusammengestoppelten Bude von Wohnzimmer empfangen würde. Da wurde eine junge Dame zitiert, die sich beklagte, dass mögliche Ehekandidaten immer Reißaus genommen hatten, wenn sie bei ihren Eltern eingeladen waren. Erst als diese sich eine neue Wohnzimmergarnitur zugelegt hatten, von besagtem Möbelhaus, da klappte es auf Anhieb mit der Verheiratung. Das Möbelhaus hat übrigens recht bald pleite gemacht, weil die reale Qualität der Ware nicht der Vorspiegelung entsprach, und die Prozesse habe die Firma in die Knie gezwungen.

Aber damit sind wir wieder beim Thema. Was macht jemand, der nicht mit Wohlstandsgütern protzen kann? Und das konnten nach dem Krieg erst mal die Wenigsten. Die geben mit ihren Kindern an. Meine Mutter erzählte mir, dass eine andere Mutter ihr bei einem notwendigen Kinderarztbesuch stolz erzählte: „Mein Kind sitzt schon!" Und eine andere: „Mein Kind spricht schon!". Nun hatte meine Mutter spät geheiratet und ich war ihr erstes Kind, sie hatte also wenig Erfahrung mit Kleinkindern; jedenfalls muss ich in keiner Richtung hervorragend gewesen sein, so dass sie schon dachte, sie hätte ein „blödes" Kind. Das traf absolut nicht zu, was ihr auch die Kinderärztin bestätigte, aber das zeigt jedenfalls doch die Tendenz, dass das eigene Kind den anderen um Längen voraus zu sein hat. Nun neigen Mütter auch dazu, alle anderen Kinder als bekloppt zu bezeichnen, und da kommt dann der Triumph dazu, dass das eigene Kind nicht so ist. Ich selbst habe da so einiges mitgekriegt, auch wenn ich keine eigenen Kinder habe. Teenager zwischen 14 und 19 neigen dazu, kleine Kinder anzubeten und sie notfalls auch zu klauen. Davon profitieren dann auch die Sprösslinge älterer Schwestern. Ich habe das oft genug während meiner Tätigkeit in der Schule mitbekommen, auch Jungs im entsprechenden Alter sind ganz vernarrt in Babys. In meinem Fall waren das  die Kinder der Leute über uns, zwei kleine Jungen von vier und zwei Jahren, und die geplagte Mutter war froh, dass ich mit den lieben Kleinen loszog und sie in  der Buddelkiste        beaufsichtigte. Insbesondere dann, als sich Nummer drei ankündigte. In der Buddelkiste, davon gab es in unserer Neubausiedlung reichlich, bekam ich so allerlei mit. Da waren     junge     Frauen,     deren Haushaltungsvorstand    hart    arbeitete und demzufolge den ganzen Tag weg war, die sich aufbrezelten, als ob sie zum Opernball gingen und sich dann so auf die Bank an der Buddelkiste setzten. Und dann ging es los: "Jan hat heute das erste Mal Papa gesagt!". Na ja, erstaunlich, weil er den sonst kaum sah. Diese Mütter mischten sich auch massiv in die Streitigkeiten der Kinder ein, wenn ihr eigenes ihrer Meinung nach übervorteilt wurde. Dann reagierte die entsprechende Mutter und es war oft der schönste Streit im Gange, während die beiden Streithähne schon wieder friedlich miteinander spielten.

Unangenehm wurde es allerdings bei Ulli. Dessen Eltern kamen aus der reformpädagogischen Bewegung, deswegen wurde Ulli auch von allem, was Schmutz und Schund war ferngehalten und er bekam nur pädagogisch wertvolles Spielzeug. Das bedeutete, seine Sandförmchen und seine Schippe waren nicht aus schnödem Plastik, sondern für teures

Geld in einem Edelspielzeugladen erworben worden, aus solidem Eisen und verzinkt. Wenn nun die Kinder, wie von den Reformpädagogen um 1900 angedacht, manierlich damit in der Sandkiste gespielt hätten, wäre das alles kein Problem gewesen. Aber Ulli, ein Riesenbaby, das mit drei Jahren aussah wie fünf, war jähzornig und neigte zu Gewaltausbrüchen. Da halfen dann auch die Sprüche seiner Mutter nichts, die säuselte: „Aber Ulli, du bist doch so ein lieber Junge und liebe Jungen hauen doch nicht!", dabei lächelte sie so glücklich, als ob ihr gerade der Heilige Geist erschienen wäre. Ulli war das scheißegal. Er haute zu. Mit seiner Schippe. Und was mit einer Plastikschippe ärgerlich aber harmlos gewesen wäre, stellt mit dem schweren Metallding ein ausgesprochenes Problem dar. Es kam zu einer ernsthaften Platzwunde bei dem anderen Kind, und Ullis Eltern drohte eine Klage wegen Vernachlässigung der Aufsichtspflicht, zähneknirschend zahlten sie die Arztkosten. Ihre lahmen Versuche, die Sache als Schuld des anderen Jungen darzustellen, der den armen Ulli provoziert hätte, verliefen im Nichts, weil es genügend Zeugen für den Vorfall gab. Und es blieb die Meinung zurück, dass Pfarrers Kinder oft die ungezogensten seien. Die Neubausiedlung gehörte nämlich der Kirche, und deshalb lebten dort viele junge Pfarrer, bis sie eine eigene Gemeinde und ein Recht auf das Wohnen im Pfarrhaus hatten sowie pensionierte Geistliche, die dort ihren Lebensabend genießen sollten, aber an allem und an jedem herumkritisierten. Kurz danach bekam Ullis Vater eine Stelle als Pfarrer, am anderen Ende der Stadt und die Familie zog weg, und so war wieder Frieden.

Was blieb, war der Wetteifer, welches Kind was zuerst konnte. Und mit welchem Bedauern dann auf die armen Hascherln herabgeblickt wurde, die ihr Leben lang stumm und lahm bleiben würden, weil sie nicht wie Jan vor dem ersten Lebensjahr sprachen oder wie Susannchen mit sechs Monaten zu laufen versuchten. Mit Behinderungen war da damals sowieso so eine Sache. Es gab drei Dinge die als Schande galten: Ein Aufenthalt im Gefängnis. Eine ebensolcher in der Irrenanstalt sowie ein behindertes Kind. Das wurde dann meist in ein Heim gegeben, da war die Kirche ja auch ganz groß und damit versteckt. Das ist besser für ihn oder sie, da wird es gefördert. Tatsache ist, dass nur ganz selten ein Kind wirklich behindert war. Da war zum Beispiel Michael. Seine Eltern gaben ihn für drei Jahr aus, dabei war er fast fünf. Er sprach nur undeutlich und war mit fünf Jahren noch auf Windeln angewiesen. Die Familienverhältnisse wurden zerpflückt. Sein Vater war fast zwanzig

163

Jahr älter als seine Mutter, für ihn war es die zweite Ehe. Seine Mutter hatte ich weiß nicht wie viele Fehlgeburten gehabt, bis sie endlich Michael bekommen hatte. Er war immer sehr teuer gekleidet, Geld hatten sie, aber „Michael machte auch viel schmutzig und kaputt. Er wächst so schnell, da muss man immer wieder was Neues kaufen". Die alten Vertreter der Geistlichkeit hielten das Ganze für eine Strafe Gottes, weil Michaels Mutter eine Ehebrecherin war, und ihr Pech mit Kindern war eben auf Gottes Gerechtigkeit zurückzuführen. Im Übrigen war Michael in dem Moment überhaupt nicht zurückgeblieben, wenn es darum ging, anderen Kindern eine Gemeinheit zuzufügen. Deswegen wollte auch niemand mit ihm spielen. Er spielte also nur mit seiner Mutter, an die er sich klammerte wie ein Schimpansenkind.

Nun werden die Kinder auch mal älter und kommen in die Schule. Und da geht es weiter. Susannchen hat schon wieder eine Eins im Diktat. Ingrid soll natürlich aufs Gymnasium! Merkwürdigerweise immer nur die Mädchen. Bei Jungen hörte sich das ganz anders an. Matthias hat schon wieder eine Fünf in Mathe. So ein gemeiner Lehrer, der kann unseren Jungen nicht leiden! Matthias wurde dann auf eine Privatschule geschickt, die nach einem besonderen Konzept arbeitete. „So eine Wald- und Wiesen-Schule, das ist nichts für unseren Jungen, die nehmen ja überhaupt keine Rücksicht auf unser Kind. Da sammeln sich alle unfähigen Lehrer!" Genützt hat es auch nicht viel, Matthias hat zwar einen Schulabschluss geschafft, aber mit der von seinen Eltern erträumten akademischen Karriere wurde es nichts. Und als es dann soweit war, dass die Kinder aus der Schule kommen sollten, da gab es ganz unterschiedliche

Lebenswege. Etwa: Christiane fängt in den nächsten Wochen bei der Fabrik an, da kann sie ganz schön verdienen. Und da Christiane viel Wert auf Klamotten legte und für ihre Schönheit ein Vermögen ausgab, hatte sie gegen diese Regelung auch nichts einzuwenden. Merkwürdigerweise spielten jetzt die Schulnoten der Mädchen nicht mehr so die Rolle, nach dem Motto, Mädchen heiraten ja doch, und da es zu dieser Zeit noch nicht die Pille gab, musste man davon ausgehen, dass sie mehrere Kinder kriegen würden. Schulbildung: Rausgeschmissenes Geld. Es ging nun darum, das Mädchen möglichst schnell und attraktiv unter die Haube zu bringen. Mein Schwiegersohn ist Autoverkäufer. Damit konnte man damals ein Schweinegeld verdienen, weil alle zwei Jahre ein neueres und größeres Modell fällig war.

Übrigens war ich als recht gute Schülerin, die noch weiter zur Schule ging, eine Ausnahme, und weil meine Mutter immer mit meinen Noten angab, blieb den lieben Nachbarinnen nur der Trost, dass dieser hässliche Trampel wenigstens keinen Mann abkriegen würde Ich bekam mal in unserer Drogerie folgenden Dialog zwischen der Chefin und einer Kunden mit: „Mein Schwiegersohn hat…" Frage: „Ist ihre denn schon verheiratet?" Antwort: „Nein aber so gut wie!" Nun, es wurde nichts daraus, und da Gisela jetzt als gebrauchtes Modell angesehen wurde, war es viel schwieriger, sie zu verheiraten. Zum Glück für sie ging es dann mit den wilden Jahren von 1968 los, und damit waren solche Dinge wie unmoralisches Leben erstmal kein Thema mehr.

Aber bei Mädchen stellt sich dann oft noch ein anderes Problem: Sie „mussten" heiraten, und dann musste eben auch ein Depp von Schwiegersohn in Kauf genommen werden, den man eigentlich als zu schlecht für seine Tochter ansah. Aber das war eben die Strafe für ihren Fehltritt. Und wenn ein Mädchen heiratete, dann wurde ganz genau auf den Kalender geguckt.

Bei den Jungen war das anders. Da ging es darum, dass sie als Akademiker Karriere machen sollten. Und dann kam die Frage, wann ist er denn eigentlich fertig??? Die entweder gar nicht oder nur mit Ausflüchten beantwortet werden konnte. Leider führte das auch dazu, dass auch Leute in ein Studium geprügelt wurden, die das entweder gar nicht wollten oder auch nicht dafür geeignet waren. Aber der Ehrgeiz von Eltern hört eben nicht damit auf, dass das Kind schon sitzt.

## Mein Kind sitzt schon II

Irgendwann kommt die Zeit, in der man die Kinder der Nachbarn und Freunde beim besten Willen nicht mehr als behindert abqualifizieren kann im Vergleich zu den eigenen. Sie haben alle sprechen und laufen gelernt, besuchen die Schule und zwar eine normale Schule, nicht die Förderschule und schließen die dann auch mit einigem Erfolg ab, wenn alles gut geht. Aber das ist dann das nächste Schlachtfeld, weil Kinder sich wunderbar dazu eignen, in den Wirbel oder sollte man besser sagen den Teufelskreis der Angeberei mit einbezogen zu werden. Angeberei ist eine allgemein menschliche Eigenschaft, das fängt schon bei den ganz kleinen Kindern an. In dem herrlichen Kinderbuch „Appelschnut", in dem der Dichter Otto Ernst die Kindheit seiner jüngsten Tochter beschreibt, findet sich die Passage eines Dialogs zwischen zwei Kindern: „Ätsch, wir haben drei Klaviere" – „Ätsch, meine Großmutter ist gestorben!" So was setzt sich auch im Erwachsenenleben fort. Bekannt ist die Prahlerei mit dem immer größeren und schnelleren Auto, aber das kam etwa für meine Schwiegereltern nie in Frage, weil die sich nie zugetraut haben, den Führerschein zu machen. Aber da war zum Beispiel die Schul- und auch sonstige Freundin meiner Schwiegermutter, die Rita. Die beiden kannten sich schon aus der Grundschule. Und Rita hatte es immer schwer gehabt, weil sie ein uneheliches Kind war und bei den Großeltern aufwuchs. Das galt damals als Makel. Aber sie hatte es trotz dieses Handicaps weit gebracht. Hatte den Otto Hermann geheiratet, der es als studierter

Ingenieur bis zum Abteilungsleiter in der Senatsverwaltung für Verkehr geschafft hatte. Und der verdiente ein gutes Geld. So kam Rita zu einem Persianer, um den meine Schwiegermutter sie glühend beneidete, und sie lag damit ständig ihrem Mann in den Ohren. Und obwohl sie sich einen Pelz leisten konnten, reichte es schließlich doch zu einer Pelzjacke, aber nicht aus Persianer, sonders uns dem Rauchwerk, was man allgemein als „Garniggel" also Kaninchen bezeichnete. Das Ergebnis war nun nicht der Anblick einer Filmdiva, die in einem Hauch von Nerz die Galatreppe hinab schreitet, sondern die dreiviertellange Pelzjacke machte meine Schwiegermutter optisch um 20 Zentimeter kleiner, aber dafür um 10 Kilo schwerer. Das war also nichts. Aber die Tatsache, dass ihr Sohn aufs Gymnasium ging, wog in etwa den finanziell nicht machbaren Persianer auf. Da wurde dann auch ganz schnell vergessen, dass der Vater das eigentlich gar nicht gewollt hatte, weil er glaubte, sich das nicht leisten zu können. Aber auf das energische Betreiben seines Klassenlehrers durfte der Junge dann doch aufs Gymnasium. „Bloß studieren, das können wir uns nicht leisten." Doch davon später.

Was nun die Kinder als möglichen Faktor zum Angeben betraf, Hermanns hatten drei. Wir können uns das schließlich leisten, sie leisteten sich sogar das dritte Kind zwölf Jahr nach dem zweiten, einfach weil Rita unbedingt noch mal ein Baby haben wollte, was sie dann auch in aller Öffentlichkeit stillte, obwohl das zu damaligen Zeit absolut unüblich war. „Ist doch was ganz Natürliches!" Und meine Schwiegermutter hatte nun nur ihr einziges Kind, was sie aber angemessen als Erfolg einbringen konnte. Und da war, wie schon erwähnt, das Glück auf ihrer Seite. Was den Werdegang von den drei

Hermannssöhnen anging, da war schon nicht alles so wie es sein sollte. So schaffte zunächst keiner das Gymnasium. Der älteste, Bernd, fünf Jahre älter als mein Mann, hatte bis zu seinem dreißigsten Lebensjahr etwa sechs verschiedene Berufsausbildungen durchlaufen. Teilweise abgebrochen, einige auch zu Ende gemacht, er war aber nie einer geregelten Arbeit nachgegangen. Sein Vater musste einmal sogar energisch werden, als er sich weigerte, die soundsovielte Ausbildung auch noch zu bezahlen. Und da war das Recht auf seiner Seite, das den Eltern nur die Erstausbildung verpflichtend auferlegt. Bernd jobbte schließlich als Finanz- und Anlageberater, irgendwie hatte er auch mal in eine Banklehre reingeschnuppert und verdiente zeitweilig recht gutes Geld, fiel aber auch bei einer der immer wieder auftretenden Finanzkrisen ganz gehörig auf die Nase. Mit dem war es also nichts. Der zweite, Reinhard, machte zunächst eine Lehre bei Siemens, schloss diese auch erfolgreich ab und qualifizierte sich dann weiter bis zur Fachhochschulreife, mit der er dann ein Studium im Bereich der Maschinenbautechnik anfing. Und Sven, das Nesthäkchen hatte zu dieser Zeit nur klein und niedlich zu sein. Soweit war also alles im grünen Bereich, wenn nicht, ja wenn nicht da Leonhard gewesen wäre, Reinhards WG- Genosse und Lebensgefährte. Wie gesagt, die Zeiten waren damals nicht so locker wie heute, und Reinhard wurde nahegelegt, sich doch endlich mal eine Freundin zuzulegen. Es gab auch dann ganz kurz mal eine Gisela, die wir allerdings nie kennen gelernt haben, und die bald auch wieder verschwand, als sie merkte, dass sie nur ein Alibi sein sollte. Aber sein Studium war wenigsten erfolgreich, und seine Eltern gaben damit mächtig an, und meine Schwiegermutter, die glaubte, da nicht mithalten zu können, versuchte, uns einzureden, wie faul doch mein Mann sei. „Der Reinhard ist fertig!" Nun ja, das lag daran, dass er erstens zwei Jahre älter war und somit sowieso viel früher angefangen hatte zu studieren, dann war das Studium an der Fachhochschule kürzer und anders organisiert. So wurden etwa am Ende jedes Semesters irgendwelche Prüfungen veranstaltet, die dann insgesamt auf den Abschluss angerechnet wurden, so dass es am Ende eines jeden Semesters hieß: Der Reinhard ist fertig, aber das begriff sie nicht, weil Rita immer wieder stolz betonte, wie viele Prüfungen ihr Reinhard schon erfolgreich abgeschlossen hatte. Übrigens baute er sich mit seinen Kenntnissen als Maschinenbauer einen Oldtimer-Straßenkreuzer von den Anfängen an wieder auf, teilweise fertigte er die notwendigen Teile eigenhändig an, weil sie nicht mehr zu kriegen waren, und als er sein Diplom als Ingenieur in der Tasche hatte, war der Schlitten fertig und prächtig anzusehen. Stolz stieg er ein, betätigte die Zündung, und statt eines sanften Schnurrens machte der Motor Krach-peng-Wumm, eine Qualmwolke stieg auf und der ganze Motorblock flog auseinander.

Danach zog er mit Leonhard nach Köln, aus beruflichen Gründen, und arbeitete dort bei einem großen Autobauer, und wurde von da an eher peinlich berührt übergangen.

Da war dann ja noch der dritte, Sven. Als wir den kennen lernten, war der nun auch kein niedliches Baby mehr, sondern ein vierzehnjähriger Schlaks mit einer schulterlangen Mähne, der alles durfte und sich von seinen Eltern gar nichts sagen ließ. Das ging nun auch insofern gut als dass sie ihm praktisch alles durchgehen ließen, und es gab deswegen Ruhe. Aber als er siebzehn wurde, da verkündete er seinen Eltern, er hätte den kleinbürgerlichen Mief satt und er würde nach Indien gehen. Die entsetzten Eltern versuchten ihm das auszureden, besorgten ihm sogar eine eigene kleine Wohnung, was in den damaligen Zeiten fast ein Zauberkunststück war, aber Vater Otto hatte eben Beziehungen, trotzdem dampfte er, als er achtzehn geworden war, Richtung Indien ab, und man hörte jahrelang nicht von ihm, nur manchmal ließ er sich per telegrafischer Anweisung Geld schicken. Das dauerte vier Jahre, dann war er plötzlich wieder da, verkehrte in studentischen Kreisen , irgendetwas in Richtung Philosophie oder Kunstgeschichte, ohne selber ein Studium aufzunehmen, die Schule hatte er ja vor dem Abitur geschmissen, er war auch der Auffassung, er wüsste sowieso vielmehr als die Herren Abiturienten und Studenten.

Irgendwann hat er dann wohl doch so etwas wie eine Hochschulzugangsprüfung gemacht, auch nachdem er die Sache mit den ganzen orientalischen Genussmitteln in den Griff bekommen hatte. Aber ob er jemals ein Studium abschlossen hat, haben wir nie herausbekommen, die Eltern schwiegen sich aus, und das ganze ging so etwa in die Richtung: Er ist doch ein guter Junge. Mein Mann war inzwischen bereits Oberstudienrat und Doktor, und so hatten meine Schwiegereltern endlich doch etwas zum Angeben, insbesondere platzte seine Promotion mitten in die Scheidung von Bernd, dessen Frau, zunächst angelockt von dem Geld , dessen persönliche Pleite voll miterlebte und nicht einsah, dass er ihr jetzt dauerhaft auf der Tasche lag, weil er „sich erst mal selbst finden wollte". Kinder können einem also schon Sorgen machen, auch wenn sie letztendlich sitzen, laufen und sprechen gelernt haben. Es ist nur zu fragen, ob sie nicht zu schade sind, um als Renommierobjekt für ihre Eltern herzuhalten.

## Rabenmutter

Ich habe mich immer gewundert, warum die Vertreter der Vogelgattung Kolkrabe so schlechte Eltern sein sollten. Sie kümmern sich nämlich sehr liebevoll um ihre Jungen. Oder hat da jemand etwa die Raben mit dem Kuckuck verwechselt? Aber der Begriff Kuckuckskind hat nichts mit der Kinder vernachlässigenden Rabenmutter zu tun, sondern bezieht sich darauf, einem Mann ein Kind als seins unterzujubeln, obwohl es von einem anderen ist. Eigenartigerweise gibt es für den Begriff der Rabenmutter auch keine Übersetzung etwa ins Englische oder in eine andere Sprache. Ich fand da nur die „overprotected Children" als Gegenbegriff, also die überbehüteten Kinder, und in dem Zusammenhang den Begriff der Helikoptereltern, aber das einzig Gemeinsame mit der

Rabenmutter ist, dass beide Arten von Eltern offensichtlich fliegen können.

Also muss eine Rabenmutter etwas typisch Deutsches sein. Ich selbst habe das schon im zarten Alter von vier oder fünf Jahren erfahren. Ich wurde nämlich von einer „lieben Tante" wobei lieb in ganze Kolonnen von Anführungsstrichen zu setzen ist, gefragt, „Na, was bringt dir denn der Weihnachtsmann?" Und das mit einer honigsüßen Stimme, die mir suggerieren sollte, dass die Tante wirklich gaanz lieb wäre. Ich fiel aber nicht darauf herein. Ich erklärte der lieben Tante erstmal, dass es gar keinen Weihnachtsmann gäbe, sondern dass meine Eltern mir die Weihnachtsgeschenke im Geschäft kaufen würden. Die liebe Tante guckte schon etwas säuerlich. Aber als ich dann erkläret, ich hätte mir ein Schaukelpferd und eine Eisenbahn gewünscht, da war es vorbei. Voller Entsetzen fast weinend erklärte sie mir: „Aber nein, du

wünschst dir doch eine süße Püppi!"
Nein, die wünschte ich mir ganz und gar
nicht. Ich hatte zwar Puppen, aber die
fand ich doof. Das waren für mich
ausgestopfte Strohdinger mit einem
dämlichen Gesichtsausdruck, und wenn
man die bewegte, machten sie „wääh-
wääh". Das sollte „Mama" heißen. Und
das war Blödsinn, denn ein Kind, das wie
eine Sechsjährige gekleidet ist, schreit
nicht wie ein Baby, und was ein Baby
war, wusste ich genau, weil meine
Freundin Marlies eine kleine Schwester
hatte. Und es war mir einfach zu doof,
so zu tun, als ob ein lebloser Balg mein
Kind war. Die liebe Tante schleppte mir
dann auch die Puppen immer hinter mir
her und sagte: „Die Püppis sagen immer:
„Rabenmutter, Rabenmutter..." Nun,
davon merkte ich nichts. Nicht, dass ich
nicht das Bedürfnis hatte, irgendetwas
Kleines zu pflegen und lieb zu haben.
Aber ich fand die kleinen Kaninchen
öder die Küken, die so süße kleine

Flaumkugeln waren, viel niedlicher. Leider gingen meine Bemutterungsversuche in dieser Richtung ganz schön schief. Eine Kaninchenmutter kann ganz schön beißen, wenn sie ihren Nachwuchs bedrängt sieht, und die kleinen Küken liefen immer weg. Und meine Mutter schimpfte hinter mir her aus dem Fenster, dass ich gefälligst die Hühner in Ruhe lassen sollte. Und was kleine Kätzchen anging, die fand ich geradezu himmlisch, und die hätte ich sogar im Puppenwagen spazieren gefahren, aber meine Eltern duldeten keine Katzen im Haus, und die Kätzchen, so niedlich sie waren, konnten sich mit ihren Krallen ganz schön wehren, wenn ihnen etwas nicht passte, und meine Annäherungsversuche passten ihnen ganz und gar nicht.

Als wir dann in die Stadt zogen, lernte ich, dass die Puppen schon wichtig für ihre Besitzerinnen waren, etwa wohnte in unserem Haus Angelika, die Tochter des Hausmeisters. Die hatte eine Puppe, Conni, die fast so groß war wie sie. Hausmeisters hatten es immer etwas größer als die anderen, Sie hatten einen Fernseher, eine Bügelmaschine, eine Küchenmaschine und einen Herd mit Glasscheibe, als an solchen Komfort noch kaum zu denken war. Und Angelika bekam die aufwändigste Puppe, die es nur gab, allerdings haben Hausmeisters alles auf Raten gekauft, das war damals Mode und deswegen immer in Geldnöten. Und Conni war ein richtiger Blitzableiter für Angelika. Wie oft hat sie Haue gekriegt, weil sie nicht essen wollte oder das Kleid nicht anziehen wollte. Einmal hat sie sich sogar versteckt, Angelika platzierte sie hinter den Mülltonnen, suchte sie im ganzen Hinterhof und versohlte sie dann, als sie sie endlich gefunden hatte. Viel später kam mir der Verdacht, dass vielleicht Angelikas Mutter eine richtige

Rabenmutter war. Aber ehrlich gesagt, war mir das sowieso egal, weil ich nicht mit Angelika spielen durfte, weil Hausmeisters „zu große Proleten" waren, und außerdem war Angelika ein verschlagenes kleines Biest, das ich sowieso nicht so richtig leiden konnte. Und als Angelika dann Keuchhusten bekam, war das ein sehr guter Vorwand, jeglichen Kontakt abzubrechen. Das war sogar wirksam, Keuchhusten habe ich erst viele Jahre später gekriegt, da war ich fas vierzehn. Angelika hockte also mit ihrer besten Freundin Daniela im Hof und beide spielten mit ihrer Puppen, Hausmeisters konnten das schlecht verbieten, und beide beklagten sich über die schlechten Eigenschaften ihre Kinder. Die waren genau die, die ihre Eltern ihnen immer vorwarfen. Übrigens spielte ein eventueller Vater bei diesen Spielen keine Rolle, der war entweder „auf Arbeit" oder gar nicht vorhanden, es gab damals viele unvollständige Familien, und die Jungen spielten nicht ums Verrecken bei den Mädchenspielen mit.

Wir zogen dann auch um, ich kam auf eine andere Schule, und das Spielen mit Puppen war dann auch nicht mehr angesagt. In den Alter, in dem Mädchen normalerweise verrückt nach Pferden sind und um Reitstunden betteln, entdeckten wir die Indianergeschichten von Karl May und spielten die dann nach. Reitstunden auch wären bei keiner Familie finanziell drin gewesen.

Der Begriff der Rabenmutter ist mir erst sehr viel später wieder begegnet. Wir waren jung verheiratet und lebten in der schon erwähnten Neubausiedlung. Und diese war von drei Seiten durch Mauer und Stacheldraht eingegrenzt und deswegen ein sehr überschaubares Gebiet, in dem jeder jeden kannte, und da blühte der Klatsch. So gab es etwa eine helle Aufregung, als Frau Dahlhaus wieder anfing zu arbeiten. Sie hatte eine Lehre in der Bank gemacht, aber bei ihrer Heirat oder genauer gesagt als das Kind kam damit aufgehört und nur noch Hausfrau und Mutter gewesen. Nun ging aber Klein Jörg schon in die dritte Klasse, und sie fing wieder an, halbtags an bei der Sparkasse. Das Gerede war groß. Kann der Mann sie nicht mehr ernähren? Als Versicherungsvertreter verdient er doch gut. Müssen die sich denn den teuren Teppich kaufen? Woher wusste man das denn? Klein Jörg heulte seiner Mutter hinterher, weil er sich vor der Schule graulte, die bösen Jungs aus der Nachbarklasse würden ihn verhauen, wenn sie ihn nicht beschützte. Er legte an der Bushaltestelle eine bühnenreife Szene hin. Und Frau Dahlhaus hatte ihren Ruf als Rabenmutter weg. „Sie vernachlässigt das Kind, nur weil die auf so großen Fuß leben wollen, obwohl sie sich das eigentlich nicht leisten können, und das Kind leidet darunter!" Dass Klein Jörg nie in den Kindergarten gegangen war und keine Erfahrung im Umgang mit Gleichaltrigen hatte sammeln können, weil immer nur Mutti für ihn da war, das spielte bei dem Gerede keine Rolle.

Die Rabenmutter geistert übrigens auch durch die große Politik. Warum hat man etwa Arbeitskräfte aus dem Ausland angeworben anstatt Frauen die Berufstätigkeit zu ermöglichen? Es gibt da immer noch das Unwort von den Doppelverdienern, bei denen die berufstätige Frau einem Familienvater den Arbeitsplatz wegnimmt. Ich traute meine Augen nicht, als ich vor etwa dreißig Jahren im Verbandsblättchen unseres Lehrerverbandes einen Artikel las, der sich mit der Problematik vorn Kriminalität und Drogenmissbrauch bei Jugendlichen auseinandersetzte. Der Verfasser hatte ein Patentrezept dagegen. Nur weil die Frauen in ihrem

Trieb, sich selbst zu verwirklichen, in den Beruf drängten, würden sie ihre Kinder vernachlässigen, und deswegen würden die dann in die Drogenszene abrutschen. Er schlug vor, die Tätigkeit von verheirateten Frauen zu beschränken, damit würde man dann auch das Problem der Lehrerarbeitslosigkeit auf einen Schlag lösen. Ich bin daraufhin aus dem Verband ausgetreten, habe aber das weitere Wirken dieses Vogels- wieder so ein Ausdruck für ein Federvieh - noch verfolgen können. Der feierte in einem Kellerraum seiner Schule die Schlachten des Ersten Weltkriegs mit Fahnen und Marschmusik, zunächst mit seinen Schülern, und als er deswegen Ärger bekam, zog er die Weihestunde allein durch. Als er nicht mehr tragbar war, wurde er versetzt an eine andere Dienstelle, und da nannte er eine Schülerin „Schlitzauge" Die war nun die Adoptivtochter eines bekannten

Fernsehmoderators, und der Ewiggestrige bekam jetzt erst richtig Ärger. In letzter Konsequenz hat es jahrelang zu Hause gesessen und sein Gehalt bezogen, weil man ihn nicht auf die Schüler loslassen wollte, ihn aber auch nicht entlassen konnte.

Etwa zur gleichen Zeit habe ich selbst erlebt, wie die Partei, die sich als christlich bezeichnet, mit dem Thema umging. Die Schule, an der ich arbeitete, bildete unter anderem Erzieher aus. Und bei denen gehörte es zur Ausbildung dazu, dass sie ein Jahr in einer Kita arbeiten mussten, um die staatliche Anerkennung als Erzieher zu bekommen. Die christlich-demokratische Regierung strich nun die Vergütung für diese Tätigkeit, mit der Begründung, es handele sich um ein Praktikum, und das würde nicht vergütet, die Leute mussten sich also einen Zweitjob suchen, um leben zu können. Als nun die damalige Senatorin für Schulwesen, die ich ansonsten sehr geschätzt habe, weil sie im Bildungschaos der achtziger Jahre eine klare Linie vorgab, was Schule leisten müsse, auch wenn sie angefeindet wurde, weil sie verlangt hat, dass im Deutschunterricht Schiller und Goethe behandelt werden müssten. Und sie wusste, wovon sie sprach, sie war selbst Schulleiterin gewesen. Jedenfalls wurde ihr da Anliegen mit der Streichung der Ausbildungsvergütung vorgetragen, als sie die Schule besuchte, und da gab sie von sich, dass der Erzieherberuf sowieso eine zweifelhafte Sache sei und eigentlich überflüssig, weil die Kinder bis zum sechsten Lebensjahr in den Schoß der Familie gehörten und nicht weggegeben werden sollten. Das Buh- und Pfeifkonzert war groß. Und ich kann mir ihre Reaktion nur erklären, dass sie ungeprüft die Parteilinie wiedergekäut hat, und dass sie als Leiterin eines Gymnasiums nichts von frühkindlicher

Erziehung verstand. Auch war sie als bekennender Single bekannt, verstand also wenig von kleinen Kindern.

Aber um auf das Anfangsthema zurückzukommen, es scheint in Deutschland nicht möglich zu sein, unverkrampft mit der Bedeutung der Mutter umzugehen. Warum klappt das mit der KInderbetreuung eigentlich in den benachbarten Ländern, ohne dass dort ganze Generationen von Kriminellen, Junkies und Psychopathen heranwachsen? Diese Frage konnte ich bis heute nicht beantworten.

# Der Schnorrer

Ein Schnorrer ist jemand, der versucht, sich einen Vorteil zu verschaffen, ohne etwas dafür leisten zu müssen, und wird meistens als unsympathische Person angesehen.

Das Problem ist übrigens uralt, schon der römische Dichter Martial schildert in einem seiner Gedichte, dass einer seiner Bekannten damit protzt, dass er niemals allein ist, wenn er isst, sondern er speist immer im Kreis vieler Freunde. Die Kehrseite der Medaille ist, das er zu Hause gar nichts isst, sondern nur dann, wenn er von anderen eingeladen wird. Dieser Dichter ist im Übrigen weniger bekannt, weil seine Werke sich für die Lektüre in der Schule wegen ihres - man kann es nicht anders sagen - säuischen Inhalts absolut nicht als Schullektüre eignen, das Gedicht über den Schnorrer ist eine seltene Ausnahme mit jugendfreiem Inhalt.

So einen Fall habe ich auch mal kennen gelernt. Es ist übrigens falsch, von dem Schnorrer zu sprechen, denn es handelt sich hier um ein weibliches Wesen. Frau Fiehlmann war eine Kriegerwitwe und hatte nur eine sehr kleine Rente von ihrem Mann. Davon, dass sie selbst arbeiten ging, hielt sie nichts, weil sie dann ihre Rente verloren hätte. Sie war nur ganz kurz verheiratet gewesen, eine Kriegstrauung, und der Mann war bald nach der Hochzeit gefallen, aber jeder wusste, dass er sich nach dem Krieg hätte scheiden lassen, weil sie ihm verheimlicht hatte, das sie keine Kinder bekommen konnte, und er wünschte sich so sehr eine Familie. Jedenfalls richtete sie sich mit ihrer Rente soweit ein, dass sie über die Runden kam. Sie bewohnte eine Einzimmerwohnung mit Ofenheizung, hatte keinen Kühlschrank, im Sommer stellte sie ihre Sachen beim

Nachbarn ab, im Winter auf dem Balkon, und sie pflegte bei ihren Bekannten unvermittelt aufzutauchen und sich zum Essen einzuladen. Unserer Freundin und Nachbarin, wurde das zu viel, weil Frau Fiehlmann zu den unmöglichsten Zeiten aufzutauchen pflegte, und sie hatte ja auch mal was vor, also ordnete sie an, dass Frau Fiehlmann nur am Mittwoch kommen sollte. Dann blieb sie den ganzen Abend und wurde beköstigt. Wir überlegten uns nun, dass sie insgesamt sieben Freundinnen brauchte, um durch die Woche zu kommen, dann brauchte sie gar nichts für das Essen auszugeben. Ganz so klappte es nun zwar doch nicht, aber es gab ja schließlich auch noch die Kantinen von Finanzamt und Gesundheitsamt, wo man für billiges Geld essen konnte. Und da Frau Fiehlmann so gut wie nie zu Hause war, brauchte sie auch kaum zu heizen, bis sich ihre Nachbarn beschwerten, dass

195

ihre Wohnungen zu sehr auskühlten. Sie prahlte jedenfalls damit, dass sie mit 100 DM Wirtschaftsgeld auskäme. Und wie groß war ihr Entsetzten, als wir beide einmal nach einem solchen Mittwochabend vorschlugen, doch alle noch mal bei ihr zu Hause vorbeizuschauen, sie wohnte ja nicht weit weg…

Das weibliche Schnorrertum ist also schon sehr kreativ… Wir machten einmal Urlaub in einem Landgasthaus in Franken, als dort alles noch ländlich sittlich war. Und der Wirt hatte einen Vertrag mit der Stadt Berlin, so dass wenig betuchte Rentner dort Urlaub machen konnten. Damals wurden einem die Sozialleistungen noch hinterhergeschmissen. Jedenfalls eine, wie man sagt, win-win-Situation. Der Wirt von der grünen Linde hatte sein Haus voll mit Busladungen von Rentnern und die Rentner konnten umsonst oder für ganz wenig Geld Urlaub machen.

Und er gab gut. Zum Frühstück standen auf dem Tisch Körbe, die vor frischgebackenen Brötchen überquollen, und es gab reichlich Aufschnitt vom örtlichen Metzger, das war noch was, und nicht so ein nach Garnichts schmeckender Industrieaufschnitt. Nun bin ich aber kein großer Frühstücker, und nach einen Brötchen mit Marmelade und einer Scheibe Käse hatte ich genug. Plötzlich stand eine Alte vor unserem Tisch, vom Aussehen hätte sie gut als alte Hexe in die Welt von Harry Potter gepasst, aber daran war damals noch nicht im Entferntesten zu denken. Jedenfalls fragte sie, ob die unsere Brötchen haben konnte. Wir stimmten zu, und gierige Hexenklauen griffen in unseren Brotkorb. Und die Wurst essen Sie wohl auch nicht mehr? Zack, weg war sie. Beim genaueren Beobachten fiel uns auf, dass die alte Hexe jeden Tisch abgraste, mit mehr oder weniger Erfolg, von manchen

Gästen wurde sie sogar wütend weggejagt.

Am nächsten Morgen hatte ich kaum ein Brötchen gegessen, als die Alte wieder auftauchte und wortlos unseren Brotkorb leerräumte. Ich fragte nun doch, was das sollte, und bekam ganz empört zur Antwort: Mehr als ein Brötchen essen sie doch sowieso nicht!

Das war vor der Erfindung des Frühstücksbüffets. Dass diese ein Eldorado für Schnorrer sind, ist offensichtlich Gastwirts Alptraum. Ein Kollege von mir, der im Übrigen im tiefsten Winter barfuß in Sandalen herumlief und levitiertes Wasser verkaufte, weil dieses eine gesunde Ausstrahlung hatte - er verdiente damit übrigens nicht schlecht - dessen Frau hatte eine Frühstückpension. Und die sagte, sie mache bewusst kein Buffet, wenn jemand etwas Besonderes zum Frühstück wolle, auch größere Mengen, gäbe sie es gerne, aber das Buffet verursache einfach zu viel Kosten. Und es ist schon bemerkenswert, was sich manche Leute beim Frühstück einfallen lassen. Mein Mann erzählte mal von einer Klausurtagung des Lehrerverbandes irgendwo in Bayern, dass das Frühstücksbuffet sehr gut, reichlich und schmackhaft war, und dass alles nachgereicht wurde. Aber als der große Vorsitzende des Verbandes sich das fünfte Kännchen Kaffee zum Frühstück geordert hatte, ließ der Wirt nachfragen, ob das denn sein müsste. Ganz ehrlich, bei solchen Gelegenheiten hatten wir als Gruppe auch schon mal Kaffee nachbestellt, manchmal möchte man schon mehr als zwei Tassen, und dann teilte man sich noch ein Kännchen. Aber nach fünf Kännchen Kaffee würde ich, wie man so sagt, einen Herzkaspar kriegen oder hätte das Gefühl, gleich zu einem Nonstopflug nach New York abheben zu können. Vielleicht lag es auch daran, dass diese Tagung auf den 9. November 1989 fiel, und der Herr Vorsitzende gefürchtet hat, dass es jetzt mit dem Genuss von Kaffee bald zu Ende sein könnte. Denn er sagte, als die Ereignisse in Berlin bekannt wurden: Meine Herren, das ist die Französische Revolution!

Wirte sind vermutlich Kummer gewöhnt mit ihren Gästen. Wir haben mal eine Busreise an die Mosel mitgemacht und waren dort in einem kleinen Hotel mit angeschlossener Weinstube untergebracht. Und die Wirtin, Sylka, machte uns die Spielregeln klar, bevor wir noch die Zimmer bezogen hatten. Vor halb acht gibt es kein Frühstück. Und jeder könnte essen, so viel er wollte, aber wehe, man würde sich Stulle schmieren und mitnehmen. Wenn jemand Verpflegung für den Tag haben wollte, sollte er Bescheid sagen, dann würde man ein Lunchpaket fertig machen, fünf Euro, und man könnte es sich an der Rezeption abholen. Natürlich, keiner hätte was dagegen, wenn man sich einen Apfel als Wegzehrung einsteckte. Na ja, ganz ehrlich, meine Lust, ein Brötchen in eine Serviette vom Frühstückstisch einzupacken und später zermatscht und durchgeknautscht und durchgefettet irgendwo zu verzehren, die hält sich auch in engen Grenzen. Und im Gegensatz zu manch geizigem Wirt, der einmal das Buffet aufbaut und wer zu spät kommt, den bestraft das Leben, war bei Sylka das Buffet zu jeder Zeit reichlich gedeckt.

Das Problem des Schnorrers hat übrigens auch internationale Dimensionen. Das habe ich einmal in Texas erfahren. Auf einer unserer Reisen fragten wir einmal, wo man denn gut essen könne. Und die Dame an der Rezeption empfahl uns „Trucker Joe", da könne man so viel essen, wie man wolle. Auf unsere Nachfrage, ob das nicht nur ein Lokal für Lastwagenfahrer wäre, lachte sie und sagte, jeder könne dort gut essen. Und auf eine weitere Frage, wie man dort hin finden würde, meinte sie nur, wir sollten rechts auf die Hauptstraße abbiegen und dann den Schildern folgen, die wären nicht zu übersehen. Und das waren sie auch nicht, ganz nach dem bekannten Motto, dass in Texas alles etwas größer sei.

Als wir nun auf den Parkplatz des Restaurants einbogen, sahen wir die riesigen Trucks und stellten unser Auto dann auf dem Parkplatz für PKW ab. Obwohl es für europäische Verhältnisse ein richtiger Straßenkreuzer war, wirkte es neben den Riesenmaschinen doch recht winzig. Wir gingen nun auf das Gebäude zu, das ganz im Stil eines Western Saloon gebaut war, mit Schwingtüren und Stangen vor dem Haus, nur dass da keine Pferde mehr angebunden waren. Dass das ein Ort für Trucker war, merkte man schon an der

Ausstattung der Sanitärräume, die neben dem Üblichen auch Duschkabinen und Münzwaschmaschinen anboten. Im Restaurant war gleich vorne ein riesiger Bartresen mit lauter Tischtelefonen, und da stand ein Schild: Reserviert für Lastwagenfahrer. Zu dieser Zeit gab es noch keine Handys. Und ehe wir uns versahen, kam eine Bedienung auf uns zu, mit knallengen Jeanshotpants, bunt bestickten Cowboystiefeln und entsprechendem Hut, fragte, wie viele Personen wir seien und führte uns schließlich zu einer gemütlichen Nische mit Ausblick auf die Landschaft. Wir bekamen eine umfangreiche Speisekarte, und tatsächlich, es gab ein Tagesgericht, das täglich wechselte, und das in zwei Varianten: Einmal ein normaler Teller, und dann für zwei Dollar mehr die Möglichkeit, beliebig viel Nachschläge zu bekommen. Ich wählte die Normalportion, aber mein

Mann wollte die Sache mal ausprobieren. Das Essen war eine Art Eintopf aus Rindfleisch, Paprikaschoten und Reis und schmeckte ganz ausgezeichnet, aber mein Mann hatte mit seinem Nachschlag echt zu kämpfen.

Bei genauerem Hinsehen entdeckten wir dann auf der Speisekarte diverse NOs: NO Doggy bag. Dazu ist zu sagen, dass ein Doggy bag in Amerika nicht unbedingt etwas mit einem Hund zu tun hat. sondern die Qualität eines Restaurants wird auch an der Portion des Essens gemessen, und so passiert es sehr oft, dass auf die obligatorische Frage, ob das Essen auch schmecke, man antworten muss, ausgezeichnet, aber es ist wirklich nicht zu schaffen. Und dann kommt das Angebot, dass man sich den Rest einpacken lasen kann, eben in einen Doggy Bag. Und diese Hundetüte ist nicht etwa eine schlichte Papiertüte, sondern aufwändig gestaltet, mit dem Logo des Restaurants, so dass man um wandelnden Reklameträger wird. In einem Chinarestaurant war der Doggy Bag sogar mal in Form einer Pagode aus buntem Karton. Hier, in diesem Restaurant, also kein Einpacken der Reste. Aha. NO Plates. Es gab also keine zusätzlichen Teller. Also konnte nicht etwa einer sich das Gericht mit dem beliebigen Nachschlag bestellen, und dann sieben Teller, und seine ganze Familie abfüttern. Mit dem Zusatzteller kannten wir aus dem Urlaub in Deutschland, wenn etwa die Eltern sich jeder ein Gericht bestellten, und dann dem Kind etwas abgaben. Hier, bei Trucker Joes, hatte man das Problem so gelöst: Kinder bis sechs Jahren bekamen einen Kinderteller umsonst, Kinder bis zwölf Jahren mussten einen Dollar bezahlen.

Das dritte NO bezog sich darauf, dass man auch kein eigenes Geschirr mitbringen durfte. Damit sollte auch verhindert werden, dass einer sich den unendlichen Teller bestellte und dann - siehe oben.

Was erstaunlich an diesen Vorschriften war, wir wären nie auf die Idee gekommen, die Einrichtung des unendlichen Nachschlags so kreativ umzusetzen. Aber da in Texas alles etwas größer ist, wie schon erwähnt, offensichtlich auch der Ideenreichtum.

# Der Vertreter

Zu den Dingen, die in den letzten Jahren ausgestorben sind, gehört der Vertreter, der einem etwas an der Haustür verkaufen will. Es gibt niemanden mehr, der von Tür zu Tür eilt und irgendwelche Sachen verkaufen will, und die Angehörigen der jüngeren Generation fragen mit erstaunten Augen: Vertreter? Was issn das? Man kann ihnen dann vielleicht noch erklären, dass es so was wie der Eismann ist, oder der Mann, der ganz besondere Staubsauger an der Tür verkauft, die gibt es eben nicht im Geschäft. Aber in der Regel interessieren sich Teenager nicht besonders für Staubsauger, und so fällt es ihnen schwer zu glauben, dass in früheren Zeiten zahlreiche Männer an der Haustür klingelten, um ihre Ware an den Mann oder besser gesagt an die Frau zu bringen. Ich erinnere mich jedenfalls noch sehr gut daran. Wir wohnten damals in einer Neubausiedlung am Stadtrand oder besser gesagt am A... der Welt, Autos waren nicht sehr verbreitet, und für jeden Einkauf, der über Brot, Butter und Milch hainausging, musste man mit dem Bus ein Stück fahren. Und dann kamen sie, die Männer mit irgendwelchen Haushaltsgeräten, ohne die ihrer Meinung nach ein Leben nicht nur sinnlos, sondern geradezu unmöglich wäre, mit Zeitschriften Abos, mit Gesundheitsprodukten oder Kleidung.

Dass so etwas erfolgreich war, lag daran, dass zu dieser Zeit und besonders in dieser Siedlung den ganzen Tag jemand zu Hause war. In einer gutbürgerlichen Gesellschaft gehörte nun mal die Frau ins Haus, und so konnten die Herren Vertreter sicher sein, immer irgendjemanden anzutreffen. Heute ist das nicht mehr so einfach, es kommt ja sogar zu

Problemen, wenn für jemand ein Paket geliefert wird. Das war damals ganz einfach, denn für die wenigen Leute, die tagsüber nicht da waren, wie der arbeitende Junggeselle oder die berufstätigen Fräuleins, für die war meine Mutter da, und sie nahm für das ganze Haus alle Pakete ab. Also öffnete mit Sicherheit jemand, wenn man klingelte und versuchte, etwas an der Tür zu verkaufen.

Dabei hatten sie bei meiner Mutter unterschiedliches Glück. Haushaltsgeräte gehörten sowieso zu der Rubrik: " Das können wir uns nicht leisten", und meine Mutter war der Auffassung, wenn es bisher ohne das Ding gegangen war, würde es auch in der Zukunft so weiter gehen können. Und die Ansprache der Vertreter, oft waren es widerlich schmierige Kerle, führten bei ihr zu einem umso entschiedeneren Nein. Etwa die Anrede „Gnädige Frau", die die mögliche Kundin aufwerten sollte, bewirkte das genaue Gegenteil. Da sie nämlich vor ihrer Heirat ein „von" im Namen gehabt hatte und somit wirklich was wie eine gnädige Frau gewesen war, zumindest ein gnädiges Fräulein, fühlte sie sich von dem falschen Ton veräppelt, und der Vertreter biss auf Granit. Im Übrigen hatte sie nicht mal Unrecht mit ihrer Ablehnung, denn das Zeug, was man an der Haustür kaufte, das ging entweder kaputt, verloren oder ging gar nicht. Der Mixer oder wie es so schön hieß, der universale Küchenhelfer konnte schnitzeln, reiben hacken, schneiden, jaulen, hässlich knirschen und kaputt gehen. Und der Patentöffner für die Dosenmilch verkrümelte sich nach einmaliger Anwendung und wurde nie wieder gefunden. Der Haartrockner, der einem die Dauerwelle ersparen sollte, der ging erst gar nicht an, und versetzte das halbe Haus in Dunkelheit, weil die Sicherung rausflog, wie eine empörte

Nachbarin berichtete, die so ein Ding gekauft hatte, obwohl es wie man so sagt, schweineteuer war. Also hat uns meine Mutter mit ihrer Kaufzurückhaltung viel Ärger erspart.

Ähnlich verfuhr sie mit den Zeugen Jehovas. Die kamen bei uns nie weiter als bis zu „guten Tag". Irgendwie sah man denen an, aus welcher Ecke die kamen, und die wurden sofort abserviert. Ich guckte mir das ab und konnte das bald auch so gut wie meine Mutter.

Anders war es bei den jungen Männern, die Zeitschriften-Abos verkauften. Sie gaben sich als Studenten aus, die mit dem Verkauf von Abos ihr Studium finanzierten. Ob das stimmte, sei dahingestellt, aber hier konnte meine Mutter aus Mitleid nicht nein sagen, und so kamen zahlreiche Abos für Handarbeits-und Haushaltsmagazine ins Haus. Mein Vater murrte zwar, aber da meine Mutter eine begnadete Strickerin war und die Strickmuster aus den Zeitschriften eifrig nacharbeitete, sah er schließlich ein, dass das etwas Nützliches war, und das war dann gestattet.

Nur einmal ging das gründlich schief. Das erschien ein baumlanger pechschwarzer junger Mann, der radebrechte aus einer Mischung aus Deutsch und Englisch, dass er aus Biafra sei. Das dürfte heute kaum mehr bekannt sein, das war vor etwa vierzig Jahren ein Versuch, einen christlichen Staat in von dem islamisch geprägten Nigeria abzuspalten, das ging dann gründlich schief und kostete viele Menschenleben. Und da wir in einer kirchlichen Siedlung lebten, spendeten alle Mitbewohner für Biafra. Und so war es auch selbstverständlich, dass der arme junge Mann praktisch an jeder Haustür ein Zeitschriftenabo loswurde. Nur – die Fernsehzeitung, die uns dann wöchentlich geliefert wurde, brachte uns nicht der junge Mann aus Biafra, sondern ein Schüler aus der Nachbarschaft. Der Biafraner war nur der Lockvogel gewesen.

Erhalten hat sich die Erinnerung an die Haustürvertreter in den Sketchen von Loriot, wo ein Verkäufer von Wein und ein Staubsaugermensch aufeinandertreffen. Dabei endet das Ganze in einem Saufgelage, und die Sprüche des Staubsaugervertreters sind auch eindeutig –zweideutig: Es saugt und bläst der Heinzelmann, wo Mutti sonst nicht saugen kann oder so ähnlich. Solche Situationen sind natürlich maßlos überzogen und ich habe so etwas nie erlebt. Beim Weinverkauf war das klar, diese Leute machten um die Kirchensiedlung einen Riesenbogen, aber nicht weil die Herren Pfarrer dem Genuss von Wein abhold waren, sondern das hatte einen anderen Grund. Es gab in der obersten Kirchenbehörde eine sogenannte Beschaffungsstelle, in der man alles erwerben konnte, was für den Betrieb in einer Kirche so gebraucht wurde. Das waren nun nicht nur Altardecken und Gesangbücher, sondern auch Zement, Dachpappe und Maschendrahtzaun, und irgendwie war es sogar möglich, derartige Dinge auch in die DDR zu liefern. Und da in der Kirche auch Abendmahlswein benötigt wurde, hatte die evangelische Kirche Berlin-Brandenburg Verträge mit Weingütern und diversen Winzergenossenschaften abgeschlossen, und die lieferten sehr bereitwillig Weine auch über die beim Abendmahl benötigten Mengen hinaus, und zwar von so herausragender Qualität, dass der Mann an der Haustür da kein Bein auf die Erde kriegen konnte.

Was nun die Staubsauger angeht, da hatten wir kurz nach unserer Hochzeit allerdings ein einschneidendes Erlebnis.

Wir waren damals umgezogen, innerhalb des Hauses, das hatte auch etwas mit der Anmaßung eines geistlichen Würdenträgers zu tun, jedenfalls tauschten wir unsere große Wohnung, die ich von meinen Eltern geerbt hatte, mit einer Familie, deren Kinder in Teenageralter sehr glücklich waren, dass nun jeder ein eigenes Zimmer bekam, und wir waren die lärmenden krakeelenden Kinder über unserem Kopf los. Unser Tauschpartner war nun Polizist und arbeitete im Schichtdienst, das heißt er war darauf angewiesen, auch am Tage zu schlafen. Seine Kinder nahmen nun sowieso entsprechend Rücksicht darauf, aber um die Ruhe vollends nicht zu stören, hatte der Mann eine Vorrichtung gebastelt, mit der man die Haustürklingel abstellen konnte.

Zu dieser Zeit machten wir eifrig Sport, und zwar Karate und Judo. Mein Mann betrieb diesen Sport schon sehr lange, und irgendwann meinte ich, dass er sich doch einen neuen Kampfanzug zulegen sollte, weil seiner doch schon ein wenig schäbig war und er zudem etwas herausgewachsen war. Wir bestellten also bei einem Versand für Sportbekleidung einen neuen, der wurde auch prompt geliefert, und mein Mann begab sich ins Schlafzimmer, um das gute Stück anzuprobieren. Er stand also in der Unterwäsche da, als es klingelte. „Mach du mal auf!" Ich tat das, vor der Tür stand ein schmierig wirkender junger Mann, der mich mit meinem Namen ansprach. Logisch, der stand ja auf dem Namensschild am Klingelbrett. Aber bevor er zu einem Sermon über die unübertroffenen Vorzügen seines Staubsaugern ansetzen konnte, griff mein Zeugen-Jehovas-Reflex und ich sagte: Vielen Dank, ich bin nicht interessiert, und machte die Tür zu. Daraufhin fing er an, unsere Klingel auf Dauerbetrieb zu stellen. Ich drückte den Knopf und stellte sie ab. Daraufhin fing er an, wie ein Irrer an unsere Tür zu hämmern. Inzwischen hatte mein Mann sich seinen neuen Karateanzug angezogen, seinen blauen Gürtel umgelegt, und in diesem Aufzug kam er aus dem Schlafzimmer, um zu sehen, was da eigentlich los wäre. Als er nun in seiner Montur die Tür öffnete, fuhr der Staubsaugerheini ganz fürchterlich zusammen der hatte mit einer Hausfrau gerechnet, aber nicht mit einem Karatekämpfer mit einem höheren Rang, wie man am Gürtel sehen konnte. Und er machte, dass er wegkam. Mein Mann fragte nun, als sich die Lage beruhigt hatte: „Passt der Anzug nun?" - „Ja", sagte ich. „Ganz ausgezeichnet".

# Das wahrhaft Unmenschliche

Nun, der dritte Abschnitt ist tatsächlich unmenschlich, aber nicht so, wie das Wort im Allgemeinen verstanden wird. Es besagt lediglich, dass die beschriebenen Ereignisse oder auch Malaisen ohne menschlichen Einfluss entstanden sind oder sich einfach ergeben haben. Kein schrulliger oder bösartiger Mensch ist dafür verantwortlich, dass die Technik manchmal macht, was sie will. Und die Technik setzt sich auf jeden Fall gegen das durch, was man den gesunden Menschenverstand nennt. Der Mensch steht da manchmal ziemlich dumm da. Und ist das nicht das eigentlich Unmenschliche, was da so ein Eigenleben führt? Auf jeden Fall ist es unheimlich. Das können technische Erzeugnisse sein, die machen, was sie wollen oder aber vertrackte

Situationen, die zwangsläufig zu Peinlichkeiten führen.

# Das verflixte Telefon

Ein Telefon hatten meine Eltern schon immer. Merkwürdigerweise gehörte das nicht zu den Dingen der Kategorie „Das können wir uns nicht leisten". Ebenso wie die große Altbauwohnung in Berlin-Wilmersdorf. Und damals waren wir einige der wenigen, die ein Telefon hatten, also standen ständig irgendwelche Nachbarn vor der Tür, die unser Telefon benutzen wollten. Und obwohl wir uns so vieles nicht leisten konnten, nahmen meine Eltern den Nachbarn nie Geld für das Telefonieren ab, ja, ich habe sogar einmal gesehen, wie sie, als eine Nachbarin ihr die Groschen für das Telefonieren geben wollte, das Geld ablehnten. Nun kostete damals ein Ortsgespräch in Westberlin 20 Pfennig bei unbegrenzter Zeit, aber zwanzig Pfennig waren damals schon Geld, es gab dafür ein Eis oder eine große Tüte Fruchtgummis. Und ich war sauer, denn für die zwanzig Pfennig mehr hätte ich mir so einen Schutzumschlag für meine Schulhefte kaufen können wie alle anderen ihn hatten, aber nein, ich musste die billigen Dinger kaufen, weil: das können wir uns nicht leisten, und dann hieß es in der Klasse, du bist doof, weil du die billigen Umschläge hast. Und der Vorschlag meiner Mutter, ich solle diejenigen Klassenkameraden, die mich ärgerten, weil ich nur die billigen Umschläge hatte, links liegen lassen, das ging auch nicht, weil ich ja jeden Tag mit denen zu tun hatte, nicht meine Eltern. Aber es gab die Verheißung: Wenn du erst mal auf dem Gymnasium bist, hören die Hänseleien auf. Und das stimmte, aber da gab es erst mal keine Frage: Es wurde bestimmt, welche Farbe die einzelnen Schulfächer haben sollten; für Mathe ein gelber Umschlag, für Deutsch ein Blauer und für Latein ein roter. Und meine Eltern fügten sich, denn auf dem Gymnasium sollte ich ja mithalten mit den anderen. Aber das hat nichts mehr mit dem Telefon zu tun. Das spielte erst dann wieder eine Rolle, als ich mit meinen Klassenkameraden stundenlang wegen der Hausaufgaben telefonierte, aber das konnte man ja unbegrenzt für zwanzig Pfennige, und eine Tochter auf dem Gymnasium, das konnte, wollte und musste man sich leisten.

Dann zogen meine Eltern in die Neubausiedlung am Stadtrand. Und da hatte die Post verschlafen, dass plötzlich 700 Wohnungen aus dem Nichts entstanden waren, wo vorher nur Laubenkolonien und kleine Einfamilienhäuser gestanden hatten. Und dann hieß es, vielleicht wird in fünf Jahren ein neuer Fernmeldeverteiler gebaut. Und das „vielleicht" war eine eindeutige Ansage. Nun ging es beim Telefon nicht nur darum, dass Tante Emma sich zum Kaffeeklatsch verabredete, sondern da war der junge Arzt, der im Krankenhaus Bereitschaftsdienst hatte und jedes Mal mit dem Funkwagen abgeholt wurde, wenn seine Dienste gebraucht wurden. Da war auch der kriegsblinde Mitbewohner, der absolut auf das Telefon angewiesen war, ebenso die vielen jungen Familien, einmal hätte eine junge Frau ihr Kind beinahe im Auto bekommen, weil es so lange dauerte, einen Krankenwagen zu holen. Jedenfalls gab es eine Einwohnerversammlung, die Wohnungsbaugesellschaft stellte dafür sogar Räume zur Verfügung, und mehr als 200 Unterschriften forderten einen schnellen Telefonanschluss. Das muss gewirkt haben, zwei Monate später stand ein junger Mann mit einem Koffer vor der Tür, und wir bekamen ein Telefon.

Das hatte nun seinen festen Platz im Wohnzimmer, und alles hatte sich dem unterzuordnen. Wenn zum Beispiel ein Anruf kam, wurde der inzwischen erworbene Fernseher stumm geschaltet, und niemand, der anrief, durfte das Gefühl haben, unwillkommen zu sein, auch wenn entweder die Zeit oder die Person des Anrufers überhaupt nicht passte. Gottseidank gab es kein Bildtelefon, da hätte man sehen können, wie mein Vater die Augen verdrehte und das Gesicht verzog, während er sich stimmlich nichts anmerken ließ und korrekt mit dem unwillkommenen Anrufer das Gespräch abwickelte.

Die Telefontechnik war damals noch sehr unterentwickelt im Verhältnis zu heute, in Sendungen wie Dingsda würden die jungen Zuschauer mit dem Telefon von damals überhaupt nichts anfangen können. Unser Telefon war ein schwarzes klobiges Ding mit einer Wählscheibe, die beim Wählen leicht dazu führte, dass man die falsche

Nummer wählte, zu kontrollieren war das nicht. Und da man dieses Ding von der Post als Mietobjekt gestellt bekam, hatte man auf das Aussehen keinen Einfluss, lediglich unsere Nachbarn, die hatten ein weißes Telefon, und bezahlten dafür eine Mark mehr im Monat aber da der Herr Nachbar im Hauptberuf Gentleman war und Bridge spielte, sogar recht erfolgreich, deswegen leistete der sich ein weißes Telefon.

Und wenn es klingelte, wusste man nicht, wer dran war, es sei denn man hatte ein Zeichen verabredet wie dreimal klingeln lassen und dann auflegen oder man verabredete einen genauen Zeitpunkt. Und so etwas wie Anrufbeantworter, daran war nicht im Entferntesten zu denken. Aber auf jeden Fall war das Telefon ein Mittelpunkt des Lebens, und da in Westberlin wie schon erwähnt ein Ortsgespräch 20 Pfennig bei unbegrenzter Zeitdauer koste, war das Telefon ständig in Betrieb. Meine Eltern haben es sogar mal fertiggekriegt, zu verhindern, dass ich mir einen Film im Fernsehen ansah, den ich ihrer Meinung nach nicht sehen sollte. Sie waren damals zur Kur gereist und riefen mich an, als der Film anfing und quatschten mich dann so lange voll, bis er zu Ende war. Der Titel des Films war „Die Brücke".

Dass man mit einem Telefon auch ganz anders umgehen konnte, lernte ich bei meinen Schwiegereltern kennen. Die hatten für ein paar Mark Miete mehr ein extra langes Telefonkabel, so dass man sich bei Bedarf mit dem Apparat in den Flur zurückziehen konnte, dort stand neben dem Schuhschrank extra ein Stuhl, falls das Gespräch länger dauerte. An schnurlose Telefone war zu der Zeit noch nicht zu denken. Aber die Apparate waren jetzt grau und kleiner und zierlicher als der schwarze Kasten meiner Eltern, und man konnte die

Telefone jetzt auch in Schilfgrün oder Bahamabeige bestellen, das waren damals gängige Farben im Wohnbereich, besonders im Bereich der Sanitärkeramik. Da wir zu dieser Zeit sehr oft umgezogen sind, bekamen wir auch so ein zierliches Ding, und wenn die Farbe immer noch nicht passte, dass gab es passende Telefonhüllen von Brokat bis Popfarben, was wir aber nie gebraucht haben.

Aber das war nicht das Entscheidende. Erstens stand das Telefon bei uns jetzt aus Platzgründen auch im Flur, und wir hatten zu der Zeit keinen Fernseher, also konnte auch keine Sendung gestört werden. Aber die Telefongewohnheiten meiner Schwiegereltern unterschieden sich doch sehr von dem, was ich bisher kannte, und mein Mann hält diese bis heute für selbstverständlich.

„Welcher Idiot ruft denn um diese Zeit an!" ein solcher Ausruf ist verständlich, wenn der Anruf um Mitternacht oder sechs Uhr morgens stattfindet. Einmal hat die Schwiegertochter unserer amerikanischen Freunde angerufen, als es bei uns nachts um halb vier war. Das dumme Ding hatte noch nie etwas von Zeitverschiebung gehört, und ebenso dämlich wollte sie, dass wir an einem Wochenende von Berlin in der Großraum Hannover fahren sollten, und dann dreißig Dorfkirchen fotografieren sollten, weil sie in einer lutherischen Kirchengemeinde arbeitete, deren Gründer um 1900 aus diesem Gebiet Deutschlands nach Amerika ausgewandert waren. Da ich einen Kollegen hatte, der als Mitglied der evangelischen Kirchensynode Beziehungen zur Landeskirche von Hannover hatte, und die dortige Forschungsstelle einen Bildband mit den Kirchen der Auswanderergemeinden herausgegeben hatte, konnten wir das Problem auf elegante Art lösen, aber der Spaß hat und fast 100 DM für das Buch gekostet. Aber der Sprit wäre vermutlich noch teurer gekommen, abgesehen von der Zeit, die wir nicht hatten.

Aber bei den Schwiegereltern war jeder, wirklich jeder Zeitpunkt unpassend. Etwa war es absolut unwillkommen, um 9 Uhr morgens anzurufen. Dabei betonten sie, dass sie jeden Tag um halb sieben aufstünden, und wir, die wir als Studenten es damit nicht so genau nahmen, waren ihnen höchst verdächtig, und unsere verluderte Lebensweise würde noch dazu führen, dass wir einmal unter den Brücken pennen müssten. Aber finanziell kommen wir nicht für euch auf, das sagen wir gleich! Also könnte man vermuten, wir würde sie bei einem ausführlichen Frühstück mit genüsslicher Zeitungslektüre stören. Nichts dergleichen. Mein Schwiegervater war zu dieser Zeit längst zur Arbeit aufgebrochen und als später als Rentner war er viel unterwegs, entweder um einzukaufen oder zu seiner Briefmarkensammlerstelle zu fahren. Und sie? Nichts mit Zeitungslektüre. Ich komme erst abends um halb fünf dazu, die Zeitung zu lesen! Das hat Nachklänge bis heute. Mein Mann steht auf dem Standpunkt, nur faule Weiber lesen morgens stundenlang Zeitung anstatt zu arbeiten! Dieser Spruch kommt eindeutig von seiner Mutter, die damit überspielt hat, dass sie nichts weiter als eine Hausfrau war, die allerdings eine hektische Pseudogeschäftigkeit entfaltete, um ihren berufstätigen Genossinnen gleichgestellt zu erscheinen.

Dabei dauert meine Zeitungslektüre nur so lange, wie ich brauche, um meinen Kaffee morgens zu trinken, das sind höchstens zehn Minuten. Und wenn er mich in Ruhe lassen würde, dann wäre ich viel früher bei den notwendigen Arbeiten, denn es gibt immer eine lange Diskussion, wenn er mein Zeitungslesen anprangert.

Jedenfalls war es unpassend, um neun Uhr anzurufen, auch deswegen. „Ich habe so viel zu tun, ich bin schon eine Stunde hinter meinem Plan zurück!" Um zwölf Uhr gab es Mittagessen, da konnte man schon gar nicht anrufen, danach: „Es gibt so etwas wie Mittagsruhe, das müsstet ihr auch wissen, ihr seid doch studiert und gebildet wie ihr sagt!" Ich habe es allerdings niemals erlebt, dass sie sich mittags hingelegt hat.

Nachmittags passte es dann auch nicht. „Ich sehe gerade „rote Rosen", das wisst ihr doch!" Und abends aßen sie dann Abendbrot und sahen fern, die kleinen Sendungen, da ging es auch nicht. Ich kannte aus meinem Elternhaus nur, dass man möglichst während der Tagesschau einen Anruf unterlassen sollte und nicht nach 22 Uhr, weil meine Eltern dann anfingen ins Bett zu gehen. Bei meinen Schwiegereltern war aber jeder Zeitpunkt rund um die Uhr gerade nicht der Richtige. Im Übrigen waren sie, wenn sie sich am Telefon meldeten, erst mal ziemlich unwirsch. Bis sie dann merkten, dass wir es waren, wie gesagt, die technischen Möglichkeiten zu erkennen, wer gerade anruft, die gab es noch nicht. Und dann hieß es: „Huch, wir dachten, es wäre der Dicke!" Der Dicke war Schwiegervaters Kumpel, von Beruf Pharmareferent, also Arzneimittelvertreter, und der war nun wirklich ein Quatschkopp. Und der neigte tatsächlich dazu, zu den unpassendsten Zeiten anzurufen, aber da er in seinem Namen ein kleines Von hatte, ein wirklich ganz kleines nur, und meine Schwiegermutter mit „gnädige Frau" ansprach, da fühlte sie sich wir die Queen oder Lady Di, wegen des Von ertrugen sie seine Telefonmanieren. Und er pflegte auch zu sagen, wenn mein Schwiegervater den Hörer abnahm: „Hab ich ein Pech!", wenn sie dran war: „ Hab ich ein Glück!" Das hielten sie dann für die Lebensart des Jet Set wie aus der bunten Presse.

Es gab aber noch einen anderen Effekt, sozusagen umgekehrt, und der ist wie gesagt nur dadurch zu erklären, dass es damals wirklich keine Möglichkeit gab zu erkennen, wer da anruft. Folgende Situation: Wir tätigten mal wieder einen Pflichtanruf, weil wir lange von ihnen nichts gehört hatten. Und bekamen folgendes zu hören: „Gestern haben wir pausenlos versucht bei euch anzurufen, aber ihr seid nicht rangegangen!" Nach kurzer Abklärung der Anrufzeit stellte sich heraus, dass wir zu dieser Zeit gar nicht zu Hause waren. Aber das glaubten sie uns nicht. „Ihr habt gewusst, dass wir es waren und seid absichtlich nicht rangegangen!" Unser bescheidener Hinweis, dass wir tagsüber und besonders am Vormittag einer Arbeitstätigkeit nachgingen, wurde beiseite gewischt. „Dä Katharina hat doch immer am Montag frei und die hat gewusst, dass wir anrufen, aber ich weiß, dass sie uns ja sowieso nicht leiden kann!" Heiliger Himmel. Ganz am Anfang meiner Berufstätigkeit hatte ich tatsächlich mal einen freien Montag gehabt, aber das war jetzt etwa fünf Jahre her, und da die Gymnasiale Oberstufe damals nach Semestern organisiert war, änderte sich mein Stundenplan alle sechs Monate, und das mit dem freien Tag war schon längst Geschichte. Wenn es meinem Chef gelang, mir einen freien Tag einzubauen, dann wechselte der wie gesagt alle halbe Jahre oder ich hatte überhaupt keinen. Aber das begriffen sie nicht. Eine seriöse bürgerliche Berufstätigkeit hatte für sie tagaus, tagein die gleichbleibende Arbeitszeit, bis zur Rente.

Die Technik schreitet voran, und da wir tatsächlich sehr oft nicht zu Hause waren, und das auch noch zu sehr unregelmäßigen Zeiten, schafften wir uns einen Anrufbeantworter an. Das war insofern nützlich, als dass uns jetzt wirklich wichtige Gespräche nicht mehr entgingen. Aber die Schwiegereltern waren da misstrauisch. Sie behaupteten, wir hörten erst mal den Anrufbeantworter ab und wenn wir merken würden, dass sie es sind, würden wir bewusst nicht rangehen. „Wir sind ja bloß die Eltern, und wenn ihr keine Lust habt mit uns zu sprechen, bitte sehr…"Im Übrigen konnte man damals tatsächlich auch beim Anrufbeantworter nicht erkennen, wer anruft, das ergab sich dann aus der gesprochenen Nachricht, wenn jemand einfach so wieder auflegte, dann war da nichts zu machen.

Jedenfalls gibt es heute Möglichkeiten, jemanden zu erreichen, auch wenn man ihn nicht gerade direkt ans Telefon bekommt, an die damals nicht zu denken war. Aber den technischen Fortschritt haben sie beide nicht mehr begriffen. Bei meinem Schwiegervater war das Höchste der Gefühle, ein Gespräch weiter zu verbinden, das kannte er aus seiner Dienststelle. Aber sie sind wie gesagt nie den Verdacht losgeworden, dass wir absichtlich nicht rangingen, wenn sie angerufen hatten. Und auf den Anrufbeantworter sprachen sie nur in einem ihrer Meinung nach äußersten Notfall und dann mit voller Empörung, dass wir ihnen zumuteten, mit einer Maschine sprechen zu müssen. Und das umwerfende Lied von Max Raabe: „Kein Schwein ruft mich an" fanden sie gar nicht lustig, sondern empörend. Letztendlich einigten wir uns dann, jeden Sonntag um 11 Uhr anzurufen, das passte dann, auch wenn es hieß: Ihr könntet ruhig mal öfter was von euch hören lassen! Ja, wann denn nur, bitte schön?

## Der Fluch der modernen Technik oder die verfluchte Technik

Es wird allgemein behauptet, ältere Leute kämen heutzutage nicht mehr mit dem Fortschritt der modernen Technik klar. Das mag zwar für solche Dinge wie Smartphone und Cyberspiele zutreffen, aber wenn man sieht, wie eifrig manche Senioren im Netz unterwegs sind, dann kann das wohl nicht verallgemeinert werden. Es gibt nun zwar das Sprichwort: was Hänschen nicht gelernt hat, lernt Hans nimmermehr, Aber stimmt das wirklich? Was nun die moderne Computertechnologie angeht, da gehen die Kinder und jungen Menschen wie selbstverständlich damit um. Weil sie damit aufgewachsen sind. Aber das Problem mit dem nimmermehr Lernen vom Hans ist älter. Ich spreche jetzt nicht von den Tücken des Alltags, durch die viele ältere Leute hilflos vor Flaschen- und Dosenverschlüssen stehen, deren gefährlicher Inhalt durch irgendwelche Sperren davor bewahrt werden soll, dass Kinder allzu leicht herankommen können, aber, wie ein verbitterter Senior mal sagte: „Kindersicherer Verschluss bedeutet, dass nur Kinder ihn aufkriegen". Und solche Kindersicherungen sind wie auch zum Beispiel Kunststoffverpackungen nicht nur ein Hindernis für ältere Leute, auch Menschen im erwerbsfähigen Alter haben so ihre Probleme etwa ein in Hartkunststoff eingeschweißtes Produkt zu befreien ohne ernsthafte Verletzungen zu riskieren. Ein Tipp im Internet war, einen Dosenöffner zu benutzen. Aber ein eingeschweißtes Gerät ist schließlich keine Konservendose. Mein Mann pflegte dann immer zu sagen: „Man braucht eine Kettensäge!" Das sind aber Extremfälle. Viele Leute weigern sich auch, gewisse technische Fähigkeiten zu lernen.

Aber meine Schwiegermutter zum Beispiel war bis zu ihrem letzten Lebenstag nicht in der Lage, an irgendeinem Gerät die Batterien zu wechseln. Auch ihr Mann konnte das nicht, obwohl man das eigentlich von einem Haushaltungsvorstand erwarten hätte. Wenn es etwa darum ging, dass das tragbare Kofferradio in der Küche neue Batterien brauchte, dann setzte er seine Brille auf, begab sich in die Küche, die für die nächste halbe Stunde von Niemanden betreten werden durfte, und nach dieser Zeit kam er mit hochroten Kopf heraus und verkündete: „Es geht wieder!"

Nach dessen Tod fiel mir diese Aufgabe zu, denn ich habe im Lauf der Zeit ein gewisses technisches Grundwissen erworben. Was Batterien wechseln anging, gehörte ich zu der Generation, die mit der Taschenlampe unter der Bettdecke las, und was dazu notwendig war, beherrschte ich aus dem Effeff. Schon in meinem Elternhaus konnte nicht für jede klemmende Schublade der Hausmeister geholt werden, der eventuell irgendwann in der nächsten Woche Zeit hatte. Und ich habe gelernt, einen Nagel gerade in die Wand zukriegen und kann mit einem elektrischen Bohrhammer oder einem Akkuschrauber umgehen, auch wenn man mir das schon übel genommen hat, weil ich damit gegen das Rollenklischee vom hilflosen Frauchen verstoße. Übrigens hatte mein Vater panische Angst, wenn ich die Batterien in irgendeinem elektrischen Gerät wechselte: Du kriegst einen elektrischen Schlag, und daran kann man sterben. Nun war mir nicht klar, wie man von einem Gerät mit leeren Batterien einen Schlag kriegen sollte, oder etwa wenn man die Batterien entfernt hatte. Und wenn man die Batterien falsch rum einsetzte, dann ging das Gerät auch nicht kaputt, es funktionierte nur nicht, und einen Schlag bekam man dann auch nicht. Ich habe nur einmal ein Ding gewischt gekriegt, als unser zahmer Zwerghase das Kabel vom Toaster angenagt hatte, so dass der Draht freilag. Und ich habe das sogar überlebt, ein Toasterkabel ist schließlich keine Starkstromleitung.

Also wie gesagt, mir fiel die Aufgabe zu, im Fall des Falles die Batterien zu wechseln. Und dann war ich plötzlich das „liebe Kathrinchen!" Und: „machste mir das?" während sie mich sonst nie direkt ansprach, sondern nur ihrem Sohn mitteilte, was sie von mir hielt. Die Katharina kleidet sich viel zu dunkel, die Katharina hat sich beim Einkaufen verrechnet. Nur bei den Batterien, wo ich da Herrschaftswissen hatte, da fing sie an zu schmeicheln. Ich nahm mir also das Ding vor, einen Radiowecker, fand das Batteriefach, hatte es nach wenigen Sekunden geöffnet und setzte die neuen Batterien ein. „Nein, nein, das machst du nicht richtig, der Papa hat immer eine halbe Stunde gebraucht, du bist viel zu schnell und huschelig!" Ich überhörte die Anwürfe, schloss das Batteriefach und drückte auf den Knopf, über dem „On" stand, und das Ding lief. Überhaupt die Bedienung. Sie fand mit ach und Krach den An- und Ausschalteknopf, aber das war's dann schon. Was heißt denn „Törn?" Sie war empört. Das war ein Drehknopf mit der Bezeichnung Tuner. Ich erklärte ihr, dass das der Sendersuchlauf war und dass man durch dessen Drehen die Sender finden würde. Sie versuchte es, aber. Die kriege ich nicht klar eingestellt, also lasse ich das. Sie hörte also nur den einen Sender, den ich ihr eingestellt hatte. Auch als wir ihr ein neues Gerät schenkten, bei dem ihre Lieblingssender vorprogrammiert waren und sie nur noch Taste 1 -6 hätte drücken müssen, wurde nach einem Jahr an uns zurückgeschenkt, weil sie damit nicht klarkam. Sie drückte immer wieder aus Versehen die Taste, mit der alles gelöscht wurde, weil sie die für die Ein- und Austaste hielt, obwohl wir ihr das ausführlich erklärt haben und auf Klebeetiketten mit Großbuchstaben die Funktion markiert haben. Allerdings ist es manchmal schwierig, die richtige Einstellung vorzunehmen. Das habe ich mal an einer billigen Armbanduhr festgestellt. Als ich die Bedienungsanleitung zu Rate zog, wie man die Zeit einstellen sollte, da stand da etwa „Drucken Knopf B drei Zeiten". Drucken, das machte der Drucker an meinem Computer, und ich wollte nur eine richtige Zeit, nicht drei. Aber die Anleitung auf Englisch brachte mich dann weiter, obwohl ich mir auch unsicher war und eigentlich glaubte, ganz gut Englisch zu können. Da stand

„Press Button B three Times". „Press" heißt aber nun mal drücken und nicht drucken, aber die Chinesen haben wohl kein Ü, Button ist Knopf, three heißt drei und time heißt zwar Zeit, aber three Times ist in korrektem Deutsch dreimal. Französisch war sinnlos, da kenn ich außer guten Tag und ein Baguettebrot bitte und einen schwarzen Kaffee, nicht viel mehr. Vielleicht hätte ich eine verständliche Anleitung auf Chinesisch gefunden, aber das scheiterte daran, dass ich das nicht lesen konnte. Schließlich habe ich versucht, die englische Anleitung umzusetzen, das klappte auch irgendwie, aber was ich da genau gemacht habe, weiß ich nicht, ich hoffe, ich muss da nie wieder ran. oder doch, bei der Umstellung auf die Sommerzeit. Da graust es mich jetzt schon.

Auch mit den geschenkten Kaffeemaschinen ist sie nie klargekommen, die waren immer wieder nach einer gewissen Zeit verschwunden, und der alte Porzellanfilter „Melitta 2" tauchte wieder auf, da passten nur zwei Tassen rein, dementsprechend lange dauerte es, bis der Kaffee fertig war, und dann war er kalt. Auch ein neuer Kaffeefilter Melitta 4, den wir ihr schenkten, verschwand und wurde nie benutzt.

Diese Aversion gegen moderne Technik hat sie von ihrer Mutter geerbt, die konnte auch keine Batterien wechseln, und die hat nicht mal ihren Kühlschrank benutzt, weil, man kann doch einen elektrischen Schlag kriegen. Sie nahm lieber in Kauf, dass Lebensmittel verdarben, weil die den Kühlschrank nicht benutzen wollte.

Übrigens sind nicht alle alten Leute so technikfeindlich. Ich erinnere mich, dass mit meine Großmutter noch mit Mitte 70 zeigte, wie ich mir aus Draht und Schokoladenpapier eine Antenne für

Mittelwelle bauen konnte, mit der man Radio Luxemburg empfangen konnte, wo es die neuesten Schlager gab.

Sie hatte Erfahrung damit aus dem letzten Krieg, wo man heimlich BBC gehört hat. Ich hatte auch Erfolg damit, musste aber "das verdammte Drahtgebammsel" wieder abbauen, weil es den schönen Eindruck der Hausfassade störte. Aber ob sie mit dem ganzen modernen Computerzeugs klar gekommen wäre, da bin ich mir doch nicht so ganz sicher. Aber ganz ehrlich, es gibt schon Tücken im Alltag, auf die man gerne verzichten könnte.

## Fernsehen bildet

Gute Bekannte hatten neulich ihr Enkelkind zu Besuch. Die Kleine erzählte strahlend, dass der Opa sie den ganzen Tag fernsehen ließ. Das erlaubt mir Mutti nicht! Nun, es ist mit Sicherheit eine Riesenerleichterung für einen Opa, wenn der ein quirliges Kind mal eine Weile mit Fernsehen beschäftigen kann statt rund um die Uhr den Alleinunterhalter spielen zu müssen. Und mir fiel ein, wie das eigentlich bei mir war, als ich in diesem Alter war.

Ich war sogar etwas älter als Nachbars Enkelkind, als wir von der Schule eine Broschüre mit nach Hause bekamen, deren Empfang die Eltern sogar mit Unterschrift bestätigen mussten, dazu hatten wir ja das Mitteilungsheft, in das sonst Dinge wie Elternversammlungen oder wichtige Ansagen eingetragen wurden. In dieser von einem pädagogischen Arbeitskreis herausgegebenen Broschüre stand nun die Empfehlung, dass Kinder unter sechs Jahren überhaupt nicht fernsehen sollten, sechs bis zehnjährige Kinder eine halbe Stunde in der Woche(!!), zehnjährige Kinder dann eine halbe Stunde am Tage, aber nicht nach zwanzig Uhr, und alles nur unter elterlicher Begleitung und Obhut.

Von dem Konzept der Sesamstraße, das ausdrücklich für Kinder im noch nicht schulpflichtigen Alter gemacht worden war, hatten die wohl noch nie etwas gehört, ja, das hätte es sogar überhaupt nicht geben dürfen.

Grundsätzlich betraf mich das nun nicht, weil wir zu dieser Zeit gar keinen Fernseher hatten, aber da gab es im Gegensatz zu anderen Dingen des Wirtschaftswunders bei vielen Leuten die übereinstimmende Meinung, dass man so ein Ding nun wirklich nicht brauchte, Immer mehr Leute legten sich zwar so ein Ding zu, das damals zu Recht Flimmerkasten hieß. Man musste sich bei den frühen Formen dieses Gerätes sogar in en verdunkeltes Zimmer setzen, Aber es galt für ein Zeichen der Primitivität, dass das Ding ständig lief und eine geregelte Unterhaltung unmöglich machte., weil alle auf den Schirm starrten.

Es gab aber sehr viele andere Möglichkeiten, sich zu beschäftigen wie Spiele spielen oder Radio hören, dabei konnte man sogar noch lesen oder Handarbeiten machen, und niemand hatte etwas dagegen, wenn neben den Abendessen, leise Musik lief. Zwar konnte man nicht mitreden, wenn sich die Klassenkameraden über Fernsehsendungen unterhielten, aber das störte nicht so, weil wir uns auch meist mit anderen Dingen beschäftigten.

Allerdings gab es eine große Gruppe von Leuten, die sich bewusst keinen Fernseher anschafften, weil sie das für niveaulos hielten. Und diese Vorstellung gab es bei sehr vielen Eltern meiner Klassenkameraden, die ausnahmslos aus dem Bildungsbürgertum stammten. Typisch dafür war Margarete. Sie hatte den Spitznamen „Mein Vater hat aber gesagt", und den hat sie bis zum Abitur behalten. Sie behauptete in einen Aufsatz, den wir in der neunten Klasse schrieben, das Leben in der Großstadt sei schädlicher als das auf dem Land weil man da durch die vielen Möglichkeiten, abends wegzugehen verführt sei. „Das ist sicher ungesund für den Körper". Das hing ihr auch bis zum Abitur an. Und ihr Vater plädierte nun dafür, als es um das Ziel eine Klassenfahrt ging, dass unbedingt eine Bildungsreise gemacht werden müsse, das sei angemessen für ein altsprachliches Gymnasium. Aber die

Mehrheit setzte dann doch die Skireise durch. Und diese Margarete, die uns immer als leuchtendes Vorbild unter die Nase gerieben wurde, was sie auch nicht gerade beliebter machte, die brachte mal folgendes fertig: Wir standen zusammen, während gerade ein dreiteiliger Krimi, ein sogenannter Straßenfeger, im Fernsehen ausgestrahlt wurde, und diskutierten darüber, wer wohl der Mörder wäre. Und Margarete stand etwas abseits und tönte laut: „Wir jedenfalls haben keine Bildungsbremse!" Als nun keiner reagierte, und auch niemand etwas über den wunderbaren Radiovortrag über romantische Element beim jungen Goethe hören wollte, da wiederholte es noch einmal lauter und unüberhörbar: „Wir haben keine Bildungsbremse!" Da platzte mir der Kragen. Ich sagte ganz ruhig: „So was braucht ihr wirklich nicht, ihr seid schon gebremst genug!" Sie machte ein Gesicht, als ob sie auf eine

Zitrone gebissen hätte, und ich hatte die Lacher auf meiner Seite, insbesondere weil ich sonst eher zurückhaltend war und nicht zur Rolle des Klassenclowns neigte.

Bei uns wurde alles anders, als wir dann tatsächlich einen Fernseher bekamen. Aals mein Vater einen runden Geburtstag hatte, da legten alle Verwandten zusammen und schenkten ihm so ein Gerät. Und dann veränderte sich unser Familienleben. Ich wurde regelrecht fernsehsüchtig. Das Programm fing um 16. 00 nachmittags an, und wenn man mich gelassen hätte, dann hätte ich bis Sendeschluss durchgemacht. Aber zunächst hieß es: Kein Fernsehen ohne Schularbeiten, und so achtete ich darauf, dass die bis 16.00 erledigt waren, was für mich auch kein Problem war. Da ich damals sechs Einsen auf dem Zeugnis hatte, konnte man mir auch nicht vorwerfen, ich vernachlässige die Schule. Ich zog mir das ganze Kinderprogramm rein, auch wenn ich mit dreizehn eigentlich schon zu alt war, aber Lassie, Fury und Co. waren zu faszinierend, ebenso wie Fred Feuerstein und Yogi Bär. Besonders gern sah ich die Werbung. Da wurde einem eine heile Welt vorgespielt, in der Mutti nur einmal wischte und der Fußboden spiegelte. Die Familie aß köstliche Fertiggerichte, und das Waschmittel wusch die weißen Kleider der kleinen Mädchen weißer als weiß. Die Mutter, die das Waschmittel nicht verwendete, musste sich bereden lassen, dass sie ihr Kind in schmutzigen Sachen rumrennen ließ und keine gute Hausfrau sein. Dasselbe Waschmittel, das die Kleider der Mädchen schneeweiß wusch, das reinigte auch die Klamotten der kleinen Jungs fasertief, wenn die sich bei der Klopperei mit dem Nachbarsjungen eine blutige Nase geholt hatten. Aber bei den Segnungen der Werbewelt kam dann wieder durch, was ich so gut kannte:

Das können wir uns nicht leisten. Und so blieb mir nur, die wunderbare Illusion der Werbewelt im Fernsehen zu sehen. Leisten konnten wir uns auch das Abendprogramm nicht. Wenn es meinem Vater gefiel, dann sagte er: „Mach aus, ich bin müde!" Dass er dann allerdings nicht zu Bett ging, sondern noch stundenlang Bücher las oder sich Patiencen legte, das habe ich nie begriffen.

In einer Situation war es sogar gut, dass es Fernsehen gab. Ich leistete mir mit knapp vierzehn Jahren einen Keuchhusten, der, weil mit schwachen Verlauf erst sehr spät erkannt wurde, jedenfalls musste ich wochenlang in der Schule fehlen und pünktlich alle sechs Stunden ein Antibiotikum einnehmen. Zum nur im Bett liegen war ich nicht krank genug, aber raus durfte ich nicht und wackelig war ich auch nach den schon lange dauernden Hustenattacken. Also lag ich im Wohnzimmer auf der

Couch und guckte fern. Zu der Zeit gab es gerade olympische Winterspiele, und ich entwickelte mich zu einem Experten für Ski alpin, Skispringen und Eiskunstlauf. Nur schade, dass man in Berlin davon so gar nichts verwirklichen konnte. Aber es hat mir über die Krankheit weggeholfen.

Dann mit einem Mal war es mit der Fernsehsucht vorbei. Das Zeitalter des Beats kam auf, und durch viele Familien ging ein tiefer Risse von Beatles und Stones-Fans. Und dafür war nun das Radio weitaus besser geeignet. Und mir erging es so wie vielen meiner Klassenkameraden: Du kannst das alte Radio haben! Und besonders Glückliche konnten jetzt sogar an das ihnen überlassene Dampfradio einen Plattenspieler anschließen und sich ständig die neuesten Platten leisten. Ein Plattenspieler war bei uns zunächst mal: Das können wir uns nicht leisten, außerdem war unser Fernseher ein

Montagsmodell. Alle paar Wochen stand der Monteur vor der Tür, und ein defektes Teil wurde erneuert. In einem halben Jahr war wohl nur noch das Holzgehäuse vom Originalfernseher übrig. Er neigte übrigens auch dazu, kaputtzugehen wen etwas wirklich Wichtiges passierte, etwa als John F. Kennedy ermordet wurde. Er war erst wieder bei den Begräbnisfeierlichkeiten wieder auf Sendung. Aber als sein Innenleben nun komplett ausgetauscht war, lief er einwandfrei und ich bekam das Radio endgültig für mich.

Aber jetzt hatten auch unsere Nachbarn entdeckt, dass wir einen Fernseher hatten, und obwohl sie als Bildungsbürger dem Medium Fernsehen gegenüber abwerten waren, kamen sie doch rüber, um bei uns solche Serien wie „Alle meine Tiere" oder „Waldhotel Forellenhof" zu sehen. Dann wurde ein naturreiner Moselwein mit Salzstangen auf den Tisch gestellt, und man sah sich die gepflegte Langeweile an. Überhaupt gab es nicht viel Programmauswahl, Es gab das Erste und das Zweite, und sehr viel später  noch ein drittes Programm. Das Umstellen war mühsam, man musste aufspringen, halb unter das Gerät kriechen und an der Seite an einem Knopf drehen bis man das gewünschte Programm gefunden hatte.

Wie gesagt, ich klinkte mich damals aus der Fernsehgemeinde aus und hörte nur noch Radio, mit sechzehn bekam ich eine Plattenspieler zum Geburtstag, und mein Sammlung wuchs und wuchs, und da ich damals mit Nachhilfe ganz gutes Geld verdiente, konnte ich mir das auch leisten.

Als wir heirateten, haben wir erst mal überhaupt nicht ferngesehen, wir hatten zwar das Gerät meiner Eltern übernommen, aber es blieb aus, weil wir viel weggingen, meist ins Kino oder zu Freunden. Und dann kauften sich meine

Schwiegereltern einen Farbfernseher und boten uns ihren schönen Schwarzweißfernseher an. Ich werde den Gedanken nicht los, dann sie sich das neue Gerät nur deswegen angeschafft hatten, weil der alte eine Macke hatte, bei uns lief er jedenfalls nicht so richtig, und sie gaben Dinge nur weg, wenn sie kaputt waren und sie sie nicht mehr gebrauchen konnten. Jedenfalls ging das Teil während einer Fußball WM endgültig kaputt, und da Deutschland sowieso früh rausgeflogen war, hatten wir jegliches Interesse verloren, deshalb hatten wir jahrelang überhaupt keinen Fernseher.

Erst als das Zeitalter der Video-Filme aufkam, kauften wir uns die entsprechenden Gerätschaften. Alles hatte sich inzwischen mächtig verändert. Es gab jetzt Kabelfernsehen mit unzähligen Kanälen, man konnte die bequem mit einer Fernbedienung reinholen, und wenn es gar nichts im

Fernsehen gab, na ja, wir waren Stammkunden in der Videothek.

Aber eins hat sich seit der Zeit, wo es nur zwei Programme gab, nicht geändert: wenn man das Programm durchforstet, findet an nichts, aber auch gar nichts, was wirklich interessant anzusehen ist, obwohl das Programm inzwischen über drei Seiten geht. Aber es wird immer noch derselbe Mist angeboten, oder aber auf zwei Kanälen läuft parallel etwas wirklich Interessantes. Aber das kann man ja inzwischen aufnehmen und dann ansehen, wenn es mal wieder gar nichts Sehenswertes gibt.

## Kaputt

Früher war alles besser. Da hat man noch repariert, nicht weggeschmissen! O ja, ich erinnere ich noch genau, da waren zum Beispiel die Nylonstrümpfe meiner Mutter. Wenn die eine Laufmasche hatte, dann wurden sie zum Aufnehmen gebracht. Da saß dann eine Dame, die nebenbei noch eine Wäscheannahmestelle hatte, an einer Maschine und fing die durchgegangene Laufmasche wieder ein. Nylonstrümpfe waren damals teuer, und so lohnte sich das noch. Heute werden die Strumpfhosen einfach entsorgt. Allerdings kommen wir dabei zum nächsten Problem. Es scheint so, also ob die Laufmaschen schon vorprogrammiert sind. Es werden Sollbruchstellen in die Gegenstände eingebaut, damit diese nach einer gewissen Zeit kaputt gehen. Bei

Glühbirnen ist das sogar offiziell nachweisbar. Und damit kommen wir zu einem wichtigen Unterschied. Es gibt Dinge, die kaputt gehen, Dinge die verloren gehen, und Dinge, die gar nicht gehen. Dabei schließt das Eine das andere aus. Dinge, die verlorengehen, gehen so gut wie nie kaputt. Man denke da zum Beispiel an Flaschenöffner, Nussknacker oder Dosenöffner. Dinge, die kaputt gehen können, gehen nicht verloren, wie zum Beispiel Heizungen, Fernsehgeräte oder Staubsauger. Und dann gibt es auch Dinge, die gar nicht gehen, und zwar von Anfang an. Dann lohnt sich auch eine Reparatur nicht mehr, sondern da muss etwas Neues her. Zum Beispiel erwarben meine Eltern vor langer Zeit als Weihnachtsgeschenk einen Fön, das war eine große Erleichterung, um meine damals langen Haare zu trocknen. Leider sagte der Fön nun gar nichts, und ich saß da mit meinem nassen Kopf. Er war vom Anfang an defekt, und es dauerte, bis er durch ein neues Gerät ersetzt wurde. Wenn Geräte nun kaputt gehen, dann tun sie das meist mit sehr großem Getöse. Zum Beispiel bekam ich mal als Werbegeschenk von einer Kosmetikfirma einen Reisefön, der war ein billiges kleines Ding, nicht zu vergleichen mit dem Ungetüm, das meine Eltern um 1960 erworben hatten. Da ich sowieso schon einen Fön hatte, benutzte ich ihn praktisch nie. Aber für einen Zweck schien er doch ganz geeignet zu sein. In unserer Bastelgruppe wollten wir nämlich zu Weinachten Kerzen aus echten Bienenwachs herstellen, und zwar so, dass die Wachsplatten, aus denen sonst die Bienenwaben hergestellt werden, um einen Docht aufgerollt werden, das ergab recht ansehnliche Kerzen. Leider waren die Wachsplatten sehr spröde und brüchig, also was tun? Mäßig erwärmen. Dafür schien der kleine Fön recht geeignet, Ich hielt ihn also in angemessenem Abstand an das Wachs .Wenn man zu nah kam, zerfloss es, war man zu weit weg, dann war das Erwärmen wirkungslos. Also eine Sache mit Fingerspitzengefühl. Aber plötzlich sagte der Fön „Knickknack" und sprühte blaue Funken. Das Licht im Raum ging aus. Es roch brenzlig, und nachdem die Sicherung wieder hereingedreht war legten wir die Wachsplatten auf die Heizung. Nun mussten wir nur den richtigen Zeitpunkt abpassen, zu dem das Wachs geschmeidig war. Es hat aber auch so ganz gut funktioniert .Jedenfalls habe ich den Fön entsorgt. Übrigens scheinen Föne vorprogrammiert auf das Kaputtgehen zu sein. Sie sind auch so konstruiert, dass man das Gehäuse nicht öffnen kann, also muss etwas Neues her. Fernseher neigten früher auch mehr zum Kaputtgehen. Ich erinnere mich, dass das Gerät meiner Eltern zu wirklich wichtigen Ereignissen regelmäßig seinen Geist aufgab. Nach gut zwei Jahren war das ganze Innenleben, also alle Röhren, ausgetauscht und nur noch der Holzkasten original. Heute würde man in diesem Fall vermutlich ein neues Gerät anschaffen, und das alte landet auf dem Elektroschrott. Geräte pflegen auch dann kaputt zu gehen, wenn es unangenehm ist. Zum Beispiel der Durchlauferhitzer. Da erklärte mir nach einer eiskalten Dusche der Monteur am nächsten Tag: „Da brauchen sie ein neues Teil, die Ersatzteile werden gar nicht mehr hergestellt!" Dabei war das Gerät keine zwei Jahre alt. Aber was will man machen, wenn man warmes Wasser zum Duschen haben will. Da ist noch die Sache mit dem Telefon. Wenn das früher kaputt ging, dann rief man vom Anschluss eines netten Nachbarn oder von einer Zelle den Störungsdienst an. Der kam dann ziemlich gleich, machte ein bedeutungsschwangeres

Gesicht, schraubte den Kasten auf und ersetzte ein kleines Teilchen. Heute geht das anders .Man ruft über das Handy die Service-Stelle an, und die schalten etwas vor Ort, und dann geht das Ganze wieder. Meistens. Einmal, da konnten wir nur angerufen werden, nicht selbst anrufen, daher merkten wir zunächst nicht, dass da etwas nicht stimmte. Als ich dann die Störungsstelle anrief und den Fall schilderte, da meinet die Person am anderen Ende, da wäre der Chip, der die Gespräche aufzeichnet, im Eimer, und wir benötigten ein ganz neues Telefon. „Ich verbinde sie mit dem Geräte-Service." Ich schilderte mein Problem. Der Mann am anderen Ende fragte, ob ein bestimmtes Zeichen auf dem Display des Telefons erschiene. Ich sagte, ja, das sei so und bekam den Rat, den Netzstecker zu ziehen und eine Minute zu warten. Was ich dann auch tat, und siehe, es war wieder alles in Ordnung.

Alles geht aber auch nicht per Ferndiagnose. Mein Computer gab den Geist auf. Ich versuchte alles Mögliche wie „Hilfefunktionen" und „Neu einwählen", aber es half alles nichts. Als ich dann den Kundendienst anrief, versuchte der mir mit allen Möglichkeiten zu helfen, aber es funktionierte nicht. Sie mussten einen Techniker schicken. Der kam dann auch, setzte sich ans Gerät, tippte einige Zahlenfolgen ein, und plötzlich ging alles wieder. Der Techniker sagte mir: Fragen Sie jetzt bitte nicht, war ich gemacht habe. Das tat ich auch nicht, aber seitdem funktioniert das Teil wieder.

Oft sind es nur Kleinigkeiten, die man übersieht. Ich erinnere mich, dass wir als Jungverheiratete uns einen neuen Kühlschrank kauften. Der hatte einseparates Gefrierteil, das mit einer eigenen Tür verschlossen war .Bis dahin hatte jeder normale Kühlschrank ein Gefrierfach, das mit einer nicht sehr stabilen Plastikklappe versehen war und in dem nur ein Behälter mit Eiswürfeln und ein Päckchen mit Tiefkühlspinat Platz hatten. Da die Tür nicht richtig schloss und ein gewaltsames Zudrücken dazu führte, dass der Plastikriegel abrach, bildete sich schnell eine dicke Eisschicht im Kühlschrank, und dann ging gar nichts mehr. Der Spinat taute auf, eine eklige Sache und mehr konnte man nicht im Kühlschrank aufheben. Unser neues Teil hatte nun eine solide separate Tür, die hielt dicht, und man konnte sich einen kleinen Vorrat von Tiefkühlgerichten aufheben wie Pizza, Fischstäbchen oder ähnliches. Wir fanden das sehr praktisch. Als wir den Schwiegereltern davon erzählten, da wollte sie sofort auch so einen Kühlschrank haben. Sie bestellten sich also einen. Schließlich wurde er geliefert, und es erfolgte ein empörter Telefonanruf. Über eine Stunde setzte sie mir auseinander, dass der neue

Kühlschrank nicht funktionierte, obwohl sie ihn eine Stunde an den Strom angeschlossen habe. „Das sind diese ausländischen Produkte, die ollen Ausländer taugen nichts, die liefern bloß minderwertiges Zeugs, aber leben von unseren Steuergeldern, und sehen zu, wie sie uns schaden können. Ihr Gänseköppe, ihr müsst ja noch viel lernen, wie konntet ihr uns so einen Dreck aufschwatzen und für unser teures Geld!" Das ging wie gesagt eine ganze Stunde so. Ich schwieg, denn wenn sie sich so richtig in Rage geredet hatte, dann machte sie zu, das half kein Wort dagegen. Ich schaute in die Betriebsanleitung, wir hatten ja das gleiche Modell, und da stand es groß und deutlich: „Vor der ersten Inbetriebnahme ist der Kühlschrank 24 Stunden ans Netz anzuschließen". Ich versuchte ihr das zu sagen, aber sie reagierte nicht. Auch als wir ihr den Radiorecorder geschenkt hatte, war sie zutiefst empört. „Da habt ihr euch ja was andrehen lassen! Der geht gar nicht. Ich drehe immer am Törn, und nichts kommt!" Es stellte sich heraus, dass sie das Netzkabel nicht eingesteckt hatte, Törn war in ihrem besonderen Englisch der Tuner, also der Sendersuchlauf, den verwechselte sie mit der Laustärkeregelung, und den Knopf dafür  hatte sie auf null gedreht .Dann konnte es ja nicht gehen. Sie war dennoch sauer: „Das ist mir alles viel zu kompliziert!"

Nebenbei bemerkt, habt sie uns den Recorder einige Jahre später wieder zurück geschenkt. Das taten sie gerne, wenn sie mit einem Gerät nicht klarkamen, und verlangten noch Dankbarkeit für das kostbare Geschenk.

## Schummeln, aber richtig

Um etwas hier erst mal klarzustellen: Ich selbst habe nie geschummelt. Nicht weil ich so ein braves Mädchen bin, sondern weil beim Versuch zu schummeln rot wie ein Leuchtturm erglühe, und man hat mir den schändlichen Versuch an der Nasenspitze angesehen. Also habe ich das lieber gar nicht erst versucht. Aber ich habe natürlich abschreiben lassen, und nicht wie meine späteren Schüler ihre Arbeit mit der Hand abgedeckt nach dem Motto, ich will allein meine Punkte zum Einserabitur haben, soll der Dussel nebenan doch sehen, wo er bleibt.

Mit dem Abschreiben ist es nur einmal ärgerlich gewesen, meine Banknachbarin hatte alles von mir abgeschrieben, und nachher eine bessere Note als ich. Überhaupt hat sie sich immer darauf verlassen, dass ich sie abschreiben lasse, und so ist sie halbwegs passabel durch die Oberstufe gerutscht. Peinlich wurde das erst zum Abitur, da hatten wir einzelne Tische, einen besonderen Prüfungsraum, und auch die Klos, die wir während der Prüfung aufsuchen durften, wurden erst unmittelbar vor den schriftlichen Prüfungen verkündet, und es waren an jedem Tag andere Räumlichkeiten. Prompt hat sie auch alle vier Abiturarbeiten verhauen, und nur durch drei mündliche Prüfungen hat sie das Abitur dann gerade noch so geschafft. Dabei hatte sie doppeltes Pech. Unser Lateinlehrer, sehr wohlwollend, hat uns vor dem schriftlichen Abitur alte Prüfungsaufgaben zur Verfügung gestellt, so dass wir üben konnten und wussten, was uns erwarten würde. Außerdem gab er uns einen Zettel mit

Vokabeln mit, mit dem Hinweis, die würden in der Abituraufgabe mit Sicherheit auftauchen. Nun wussten wir, dass der Text der Aufgabe vom Autor Cicero war, und wir wussten ebenso, dass in der örtlichen Filiale der Stadtbücherei die vollständigen Werke Ciceros in einer zweisprachigen Ausgabe, Deutsch und Lateinisch vorhanden waren. Bewaffnet mit dem Vokabelzettel, wir waren zu dritt, arbeiteten wir also die Bücher durch, bis wir meinten, den Text gefunden zu haben, in dem alle Vokabeln vorkamen. Nun hat der Philosoph einen sehr begrenzten Wortschatz, und Begriffe wie Ehrlichkeit, Treue, Pflichtgefühl, Einsatzbereitschaft und Gemeinsinn kamen an sehr vielen Stellen in seinem Werk gehäuft vor. Kurz gesagt, der Text in der Prüfung war dann doch ein ganz anderer, und meine Banknachbarin sah dabei gar nicht gut aus.

Es gab allerdings durchaus Hilfsmittel. Zum Beispiel ein Mini-Wörterbuch namens Liliput, das passte in eine Handfläche und hatte hautfarbene Seiten. Und man konnte es gut verstecken zum Beispiel in den Stulpen der kniehohen Stiefel, die man damals zum Minirock trug, oder im Ausschnitt der Bluse. Kein männlicher Lehrer würde es wohl wagen, einer Schülerin an die Oberschenkel oder in den Ausschnitt zu greifen, und bis eine weibliche Person hinzugezogen wurde, konnte man das Corpus Delicti schnell und diskret verschwinden lassen. Man muss da nur kreativ sein.

Es gab übrigens mal ein Buch, in dem es um Anleitungen zum Schummeln ging. Im Zuge der 68er Auseinandersetzungen wurde die Schule als Unterdrückungsinstrument der faschistisch-bürgerlichen Gesellschaft angesehen, und die konnte man auch damit bekämpfen, dass man eben auf illegalem Weg an seine Noten kam. Ich werde mich aber hüten, daraus zu zitieren, denn obwohl die Anhänger der großen proletarischen Kulturrevolution für sich herausnehmen, dass sie sich an keinerlei Gesetze zu halten brauchen, werden sie sehr empfindlich, wenn es um ihren eigenen Vorteil geht wie etwa Verletzung der Urheberrechte. Da sind sie dann so pingelig wie ein preußischer Kanzleirat. Im Übrigen sind die dort aufgeführten Tipps durch die moderne Technik längst überholt. Etwa die Anleitung zum Bau eines Sprechfunkgeräts und dessen Tarnung ist im Handy-Zeitalter nicht mehr aktuell. Und bei Prüfungen mussten im meiner Zeit als Lehrer alle Schüler ihr Handy vorne auf dem Lehrertisch ablegen, das sah aus wie in einem Telefonladen. Aber auch da gibt es Möglichkeiten zu schummeln, etwa indem man ein zweites Handy dabeihat, und wenn das nur zum Telefonieren geeignet ist, kostet das auch nicht alle Welt, das kann sich auch ein armer Schüler leisten, während das Smartphone wie gesagt vorne auf dem Lehrertisch liegt.

Auch sonst funktionierten die in diesem Buch angegebenen Hilfsmittel nur dann, wenn man die Arbeit im Raum schrieb, in dem auch sonst der Unterricht stattfand und man auf dem Platz saß, wo man immer saß.

Die jetzt angeführten Methoden stammen alle noch aus meiner Schulzeit. Das fing an, dass die Flächen des Arbeitstisches genug Platz boten, um etliche Notizen darauf unterzubringen, und dies sogar an die nächste Schülergeneration weiterzugeben, weil die Tisch jahrelang benutzt wurden. Und so fand man dann auf dem Tisch etwa die vollständige Deklination Dominus, domini, usw., das brauchte ich aber nicht, das konnte ich, oder Formeln wir $X^2$ x A geteilt durch $\sum$, dabei wusste ich nicht, was Alpha und was Sigma bedeuteten und warum man das eine durch das andere teilen sollte.

Auch unter dem Tisch gab es Möglichkeiten, etwas zu verstecken. Wenn da diverse Schulbücher, zusammengeknülltes Stullenpapier, sogar eine ganze Schultasche oder ein Tuschkasten lagen, dann war es leicht, in den ganzen Durcheinander noch einen fetten Schummelzettel unterzubringen, Insbesondere weil diese Fächer nicht einsehbar waren.

Aber eines Tages hatte die Herrlichkeit ein Ende. Plötzlich, während des Geschichtsunterrichts betraten vier Schränke von Möbelpackern die Klasse, baten, dass man seine persönlichen Sache aus den Tischen entfernen sollte und trugen diese hinaus, und schwuppdiwupp wurden neue Möbel hereingebracht, das Ganze dauerte etwa zehn Minuten. Als unsere Gesichter alle zu großen Fragezeichen wurden, erklärte uns die Geschichtslehrerin, dass dies ein Teil des Konjunkturprogrammes sei, man hätte Möbelfabriken im so genannten Zonenrandgebiet, also Bayern, das ja sehr viel Wald hatte, mit Grossaufträgen für Schul- und Büromöbel eingedeckt, um Arbeitsplätze zu erhalten, und deswegen würden wir jetzt also neue Schulmöbel bekommen. Wir waren erstaunt, dass sie das wusste, denn sonst hatte sie von ihrem Fach keine Ahnung.

Einerseits war das ja ein Segen, denn besonders als Mädchen litt man unter den splittrigen Stuhlbeinen aus Holz, an denen man sich ständig die Strumpfhosen zerfetzte, dann es herrschte ein ungeschriebenes Gesetz, dass man als Mädchen einen Rock zu tragen hatte. Manche lösten das Problem dadurch, dass sie lange schwarze Kniestrümpfe aus Wolle über den Strumpfhosen trugen, das sah zwar sehr schick aus, aber wurde auch als „flittchenhaft" verschrien. Mit der Durchsetzung von Jeans als Einheitskleidung wäre das Problem dann zwar ein für allemal gelöst gewesen, aber das kam später.

Also die Stuhlbeine aus Eisenrohr waren schon gut, aber die Tische; o Je!

Ersten hatte sie unter der Arbeitsfläche nur ein kleines Brett, auf dem allenfalls ein Reclamheftchen abgelegt werden konnte, außerdem waren sie vorne offen, so dass man jederzeit sehen konnte, was unter dem Tisch aufbewahrt wurde. Außerdem waren die Tischplatten mit einer Schicht aus Kunstharz versehen, die jedem Versuch, sie zu beschreiben, widerstand: Tinte lief zusammen, und für Bleistift und Kugelschreiber war sie zu glatt. Außerdem konnte man auch keine

Tasche mehr unter den Sitz schieben, denn dafür war die Ablage zu klein, dafür gab es Haken an der Seite, an denen man seine Tasche anhängen konnte. Also Ade, bewährte Schummelmethoden.

Als ich selbst in den Schuldienst trat, sah das alles ganz anders aus. In der gymnasialen Oderstufe gibt es keine festen Unterrichtsräume, die Schüler wandern, und es ist nicht einmal sicher, dass der jeweilige Kurs immer im selben Raum stattfindet.

Aber Schüler sind bekanntlich findig, und wenn Maßnahmen ersonnen werden, um das Schummeln zu verhindern, sind es auch immer wieder einen Tick voraus. Etwa bei Klausuren: Auch wenn man an einem Einzeltisch sitzt und alle Taschen in die Ecke gepackt werden, gibt es noch Möglichkeiten etwas zu verstecken. Ein stressgeplagter Schüler braucht für seine Klausur neben Schreibpapier auch Nervennahrung wie Traubenzucker, eine Thermoskanne mit Tee oder Kaffee, Müsliriegel, eine Brotbox mit Mohrrüben und Apfelstückchen, einen Teddy als Glücksbringer, seinen Lieblingskugelschreiber, im Zweifelsfall einen Taschenrechner, und in dem Chaos findet dann keine Aufsichtskraft einen Schummelzettel.

Übrigens, die Hilfsmittel: Nach meinem Abitur wurde etwa im Fach Latein der Gebrauch von Wörterbüchern gestattet. Während altgestandene Kollegen nun den Untergang des Abendlandes voraussagten, weil nun alle Schüler nur noch Einsen schreiben würden, war das tatsächliche Ergebnis ein ganz anderes, Viele Schüler blätterten nun neunzig Minuten im Wörterbuch, fanden nichts und gaben leere Blätter ab. Man muss eben auch lernen, wie man mit einem Wörterbuch umzugehen hat.

Oder die Sache mit dem Internet. Während viele Kollegen dies noch als Teufelswerk verdammten, waren die Schüler damit schon bestens vertraut, und da die Lehrkräfte mit diesem neumodischen Kram nichts zu tun haben wollten, konnten sie auch nicht erkennen, welche Leistungen einfach aus dem Internet besorgt wurde. Ich hatte zum Beispiel wenn ich einen Kurs im Fach Politische Weltkunde  mit dem Thema          Entwicklungsländer unterrichtete, die Angewohnheit, jedem Schüler ein Referat über ein Land als Semesteraufgabe zu geben, das er sich selbst aussuchen konnte. Und da bekam ich eines Tages ein wunderschön ausgestattetes Papier über die Dominkanische Republik, da war von kristallklarem Wasser und weißes Sandständen und glücklichen karibischen Menschen die Rede, das Ganze war der Ausdruck irgendeines Fernreiseveranstalters. Ich sagte dem

Knaben das auf den Kopf zu, der stotterte rum, und er hätte mir das nicht zugetraut, dass ich das herausfinde. Daraufhin gab ich eine Grundsatzerklärung ab, dass man selbstverständlich Material aus dem Internet benutzen könnte, aber die Quelle müsste angegeben werden wie bei einem Buch. Die Schüler waren begeistert, die Kollegen eher misstrauisch, vor allem einer, der noch nicht mal eine Schreibmaschine hatte, sondern sogar die Aufgaben für die Abiturprüfung noch mit der Hand schrieb.

Ein anderer Fall war der, dass im Internet bestimmte Standardübersetzungen für Sprachklausuren kursieren. Wenn man also weiß, welcher Text rankommen wird, ist das eine leichte Übung. Vor allem auch deswegen, weil sich bestimmte Texte gut für Klausuren eignen und deswegen gerne ausgewählt werden. Mir ging es nun einmal so, dass mir der Text, den ich in der Klausur geben wollte, zu lang erschien, deswegen ließ ich den ersten Satz weg, das ging, ohne den Sinn zu ändern, und ich ließ die Klausur schreiben. Nun bekam ich von einen Schüler eine Fassung, in der der fragliche Satz übersetzt worden war, obwohl der Schüler ihn gar nicht vorzuliegen gehabt hatte. Ich sagte ihm das auf den Kopf zu, und sogar, welche Fassung der Übersetzung das war, und er stotterte rum, dass er nicht so gut Latein konnte und das Ganze eben auswendig gelernt hatte. Ich gab ihm ein Ungenügend, nicht so sehr weil er betrogen hatte, sondern weil er dass so ungeschickt angestellt hatte, dass er erwischt worden war. Auch Dämlichkeit muss betraft werden.

Was nun die Schummelzettel anging, ich habe meinen Schülern immer empfohlen, sich einen solchen anzulegen, denn wenn man es geschafft hat, alles Notwendige für eine Klausur auf dem Format einer Postkarte unterzubringen, dann beherrscht man den Stoff so gut, dass man den Schummelzettel eigentlich gar nicht mehr braucht.